CHANTS

NAPOLÉONIENS

PARIS, LIBRAIRIE. — MIRECOURT, TYP. HUMBERT.

CHANTS

NAPOLÉONIENS

POÉSIES NATIONALES

SUIVIS DU

RETOUR DU CROISÉ

TRAGÉDIE

PAR

A.-P. ALGARE

PARIS

HUMBERT, LIBRAIRE-ÉDITEUR,

Rue Bonaparte, 43

1863

CHANTS

NAPOLÉONIENS

——

SALUT!

Salut, vaste univers, qui réfléchit Dieu même !
Salut à ta splendeur, à ton immensité !
Palais vivant, séjour d'une beauté suprême,
    · Temple de la divinité !

Salut, brillant soleil, que la gloire environne !
Lune, qui nous ravis par un éclat si pur,
Et vous, étoiles d'or, dont l'humble front rayonne
    Parmi des flots d'un tendre azur ;

Et vous aussi, doux champs, campagnes ravissantes,
Prés fleuris, bois paisible où j'accorde mon luth,
Terre et flots, cieux et mers, beautés toujours charmantes,
    Entendez-moi : Salut! salut!!!

Comme un beau lis qui s'ouvre à la lumière amie,
Comme un jouteur brillant qui s'avance aux combats,
Ma muse adolescente au chemin de la vie
    Fait aujourd'hui les premiers pas.

On dit que cette vie est une coupe amère,
Un précipice sombre environné de fleurs,
Qu'aux plaisirs passagers, qu'à la joie éphémère
    Bientôt succèdent les douleurs.

Moi, qui n'ai jusqu'ici, dans son brillant calice,
Puisé que le nectar et le miel parfumé,
Qui n'ai marché, joyeux, sans voir de précipice,
    Que par un chemin embaumé,

J'ignore les douleurs dont l'homme est la victime.
Je poursuivrai ma course en ce vallon charmant.
J'y veux cueillir des fleurs, sans penser qu'un abîme
    Peut-être sous mes pas s'étend.

Je chanterai des prés les senteurs printannières.
Les échos de nos champs répondront à ma voix.
Je suivrai bien souvent les sentiers solitaires
    Qui nous égarent dans les bois.

Souvent aussi j'irai m'asseoir sur la montagne,
Près des sommets blanchis par l'hiver éternel,
Et là, perdant des yeux les paisibles campagnes,
    Plus près des astres et du ciel,

Quand viendra la tempête avec sa voix sonore,
Quand rugiront les vents et l'écho du vallon,
J'élèverai ma voix pour exciter encore
    Les sifflements de l'aquilon.

Ou bien suivant des yeux, parmi les vertes plaines,
La vierge qui revient vers le déclin du jour,
Je dirai dans des vers mélodieux les peines
    Et les plaisirs d'un tendre amour.

Mais non : fuyons plutôt l'amour et son ivresse.
Les chants voluptueux ne font point mon bonheur,
Et l'amour n'eut jamais dans toute ma jeunesse
    Qu'un faible empire sur mon cœur.

Jadis, lorsque mon œil s'ouvrit à la lumière,
L'ange qui m'apporta le don sacré des cieux
Portait en main, dit-on, la trompette guerrière
    Au lieu du luth mélodieux.

Je préfère chanter la gloire et les batailles,
Et les héros fameux par d'éclatants succès :
Les combats ont pour moi, malgré leurs funérailles,
    De nobles et puissants attraits.

Oui, je célébrerai les exploits de nos pères,
Alors que sur les pas du puissant empereur
D'un bout du monde à l'autre ils plantaient leurs bannières
    Et promenaient l'aigle vainqueur.

Je les suivrai là-bas aux lieux de leur victoire,
A Wagram, Austerlitz, aux champs glacés d'Eylau,
Et puis je reviendrai tout rayonnant de gloire
    De Friedland à Marengo.

J'irai voir avec eux la rive orientale,
Au Nil, sauvage encor, j'irai nommer leurs noms ;
Puis j'accompagnerai leur marche triomphale
    Aux monuments des Pharaons.

Et debout au sommet des hautes pyramides,
J'évoquerai ces rois de leur tombeau profond ;
Alors pour admirer nos triomphes rapides
    Vingt peuples morts s'éveilleront.

Je les suivrai plus tard sur la neige glacée,
Vers la cité des Czars, au sommet du Kremlin...
Hélas ! c'est là qu'enfin la fortune lassée
    Les a laissés sur le chemin !

Oh ! je veux voir aussi tes ruines fumantes,
Moscou ! — voir s'écrouler tes palais somptueux,
Voir s'élancer dans l'air tes flammes ondoyantes
    Comme pour embraser les cieux !

Hélas ! ils sont passés, les jours de leur victoire.
Tous dorment maintenant dans la plaine étendus ;
Mais moi je veillerai pour célébrer la gloire
    De ces vaillants qui ne sont plus.

Triste, mais sans rougir du malheur de nos armes,
Je gémirai longtemps au bord de leur tombeau,
Et, pieux pèlerin, j'irai baigné de larmes
    De Sainte-Hélène à Waterloo !

PASSAGE DU SAINT-BERNARD

(RÉCIT D'UN VIEUX SOLDAT)

Il s'élevait à pic, rapide, infranchissable.
Ses flancs couverts de neige (obstacle redoutable !)
    De loin resplendissaient aux yeux,
Et son front menaçant, qui partageait la nue,
Si haut se déployait qu'il semblait à la vue
    Aller toucher les cieux.

Autour de lui grondaient les vents et le tonnerre,
La tempête en hurlant y déchirait la terre,
Et l'avalanche affreux, descendant de ses flancs,
Mêlait ses longs fracas aux sifflements des vents.

Un frisson de terreur nous glace à ce spectacle,
Et tous en frémissant nous arrêtons nos pas...
Mais le cœur du héros grandit devant l'obstacle :
Nous marchons, nous bravons la neige et les frimas,
Et la tempête en vain qui d'en haut nous menace.
Ainsi dans les combats, le tumulte et l'horreur,
L'âme du preux grandit et s'enivre d'audace
Quand il voit le péril égaler sa valeur.

Je me rappelle encor ce jour impérissable,
Où, bravant les dangers, nous franchîmes ce mont.
La terre n'a point vu de fait si mémorable
Qui puisse balancer cette grande action :
Ni d'Arbelle ou d'Issus l'immortelle victoire,
Ni les fameux exploits du plus grand des Césars.
Annibal, nous dit-on, eut le premier la gloire
De triompher enfin de ces puissants remparts ;
Mais il fut un long temps à s'ouvrir un passage,
Et son chemin fut teint du sang de ses soldats.
Nous, ce fut en un jour qu'avec joie et courage
Et sans perdre un guerrier nous franchîmes ce pas ;
Et du faîte élevé d'où trônait notre vue
Nous vîmes ces sommets qui vont fendre la nue
          S'abaisser sous nos pas.

Nous longeâmes d'abord d'agrestes paysages,
En suivant lentement des chemins tortueux,
Des sentiers inconnus aux pâtres de ces lieux
Et frayés seulement de leurs chèvres sauvages.

Nos légers fantassins, qui prenaient les devants,
Gravissaient en chantant ces chemins difficiles ;
Les cavaliers après, marchant à pas prudents,
Guidaient par les rochers leurs destriers dociles ;
Tandis que l'artilleur, fidèle à son devoir,
Suivait à pas tardifs ses pièces démontées,
Qu'à des troncs d'arbres creux il avait adaptées
Et que tiraient gaîment nos soldats pleins d'espoir.

Nous quittâmes bientôt la riante verdure
Pour des climats nouveaux et pour un nouveau ciel :
Ici régnaient l'horreur et la sombre froidure
Et l'aspect désolant d'un hiver éternel !
C'est le séjour affreux des vents et des tempêtes.
Nous entendions au loin leurs longs gémissements
Que répétait l'écho des lieux environnants ;
Les torrents irrités mugissaient sur nos têtes,
Et près de nous, — rapide, emporté par les vents,
Tombait avec fracas, de ces neigeuses cimes,
L'avalanche effrayant, roulant dans les abîmes
     Avec d'affreux rugissements.

Mais pour comble d'horreur voici que les tempêtes
Accourent en hurlant s'abattre sur nos têtes.
Elles creusent la terre et roulent sur nos fronts
La neige, qui s'élance en épais tourbillons
     Et sous nos pas à longs flots s'amoncelle.
A ce choc furieux, à ces bruits alarmants,
La nature en émoi nous paraît aux moments

D'une ruine universelle ;
Le sol semble fléchir sous leur souffle puissant ;
Les rochers ébranlés croulent en mugissant,
Et la montagne elle-même chancelle
Sur ses antiques fondements.

Un instant notre armée et pâlit et s'étonne ;
Mais soudain dans les airs la voix des chefs résonne ;
Le tambour bat ; la charge sonne ;
Partout l'airain s'éveille, et le long du chemin
On entend retentir l'éclatante trompette
Et le mâle clairon qui dans les airs répète
Un belliqueux refrain.
A ces accents guerriers, le courage s'enflamme ;
Un généreux élan s'empare de notre âme :
Nous marchons, nous bravons l'ouragan furieux
En répétant en chœur cet hymne belliqueux :

« La patrie, amis, nous appelle ;
» Sachons vaincre ou sachons périr.
» Un Français doit vivre pour elle ;
» Pour elle un Français doit mourir. »

Ainsi chantait l'armée
Par la voix des clairons dans sa marche animée,
Ces accents au lointain par les échos redits,
Vont, en se prolongeant jusqu'au sein des campagnes,
Réveiller en sursaut les hôtes des montagnes
Dans leur gîte endormis.

Le sauvage chamois, à ces voix étrangères,
Tressaille de frayeur sur les monts solitaires ;
Il s'avance en tremblant par des sentiers déserts,
Et prêtant à ces bruits une oreille inquiète,
Il écoute, étonné d'ouïr en sa retraite
        Ces étranges concerts.

Après avoir des vents bravé la violence,
Nous franchîmes des lieux où régnait le silence.
Nous avions dépassé ces hautes régions
Où, toujours menaçants, mugissent les orages ;
Nous voyions sous nos pieds s'entasser les nuages
Et le ciel pur et beau resplendir sur nos fronts.
Aucun souffle, aucun bruit qu'on entend dans le monde
Ne troublait de ces lieux la retraite profonde.
Là ne vit, ne respire aucun être vivant,
Et l'âme avec terreur y semble en s'élevant
Se détacher du monde et vivre suspendue
Entre le ciel prochain et la terre perdue.

Muets, silencieux, à cet auguste aspect
Nous marchions lentement frappés d'un saint respect,
    Quand tout à coup d'au-dessus de nos têtes
    Partent des cris, de joyeuses clameurs.
Nous y levons les yeux : c'étaient nos éclaireurs,
Qui, de ces hauts rochers couvrant déjà les faîtes,
Contemplaient l'Italie aux sites ravissants
Et saluaient de loin ces rivages charmants.
Les uns restaient sans voix, ébahis, immobiles ;
D'autres, par des transports et des gestes fébriles.

Excitaient à monter nos soldats étonnés ;
D'autres enfin ravis, rayonnants d'allégresse,
Poussaient des cris, battaient des mains, et pleins d'ivresse
S'écriaient en montrant ces pays fortunés :
    L'Italie ! l'Italie !

L'armée à cet aspect redouble de vitesse.
Chacun hâte le pas ; chacun court et s'empresse.
Enfin nous arrivons, palpitants, curieux...
Quel spectacle enchanteur se déroule à nos yeux !
Du riche Milanais les plaines fortunées
Se présentent partout de mille éclats ornées,
Avec leurs verts côteaux, leurs bosquets d'orangers
Et leurs sites riants, charme des étrangers.
D'un côté l'on voyait des plaines florissantes
Que doraient les épis des moissons jaunissantes ;
Ici des bois épais, toujours frais en été ;
Plus loin des champs fleuris, verdoyante prairie,
Où sous les oliviers erraient en liberté
Les paisibles troupeaux des pasteurs d'Italie.
Tous les côteaux voisins, respectés des hivers,
Se couronnaient de pampre et d'arbres toujours verts.
Leurs verdoyants rameaux, sur la terre émaillée,
Formaient en s'inclinant une ombre au voyageur,
Et leurs fruits rougissants, brillant sous la feuillée,
Semblaient déjà sourire aux mains du vendangeur.

A travers ces vallons et ces plaines fécondes
Mille fleuves naissants roulaient en paix leurs ondes

Du sommet élevé d'où trônaient nos regards,
Nous voyions leurs flots purs, en maints canaux épars,
Serpenter sous les fleurs qui tapissaient leurs rives :
Les uns, plus violents qu'un torrent furieux,
Roulaient en bondissant leurs ondes fugitives ;
D'autres, avec lenteur, errant en ces beaux lieux,
S'étendaient mollement en nappes argentées,
Et de loin paraissaient à nos yeux éblouis
Des lacs d'un cristal pur doucement assoupis
            Parmi ces rives enchantées.

De plusieurs lacs aussi l'on voyait au lointain
Les flots étincelants, unis comme une glace,
Resplendir aux rayons du soleil du matin.
On eût dit, à l'éclat qu'ils jetaient dans l'espace,
Un océan de flamme, un immense miroir,
Frappé par le soleil, rouge et splendide à voir.

Et toutes ces beautés paraissaient encadrées
Par les monts élevés des Alpes, dont les bras,
S'étendant vers nos flancs, se rapprochaient là-bas.
Puis au loin, par delà ces heureuses contrées,
Se montrait l'Apennin, dont les hauts sommets bleus
Bornaient l'horizon vaste et reposaient les yeux.

            Parmi ces campagnes fertiles,
On voyait s'élever de paisibles hameaux,
Des manoirs ruinés aux antiques créneaux,
D'innombrables clochers et de riantes villes :

L'une semblait assise au bord d'un lac d'argent ;
Une autre s'élevait au sein d'un bois charmant ;
Une autre encor brillait aux croupes des montagnes
Où s'épanouissait au milieu des campagnes.
Et plus loin, vers l'aurore, on eût pu voir Milan,
Dont les murs élevés et les tours blanchissantes,
Surgissant du milieu des plaines verdoyantes,
Apparaissent de loin, à l'horizon obscur,
Comme un lis étoilé parmi des champs d'azur.

A ce tableau charmant de l'heureuse Italie,
Un cri d'enthousiasme échappe à notre cœur.
Tous nous battons des mains, et l'âme épanouie,
    Nous répétons avec bonheur :
      L'Italie ! l'Italie !!!

Comme autrefois, dit-on, en découvrant l'enceinte
De l'auguste Sion, les guerriers de la croix
La saluaient de loin de leur main, de leur voix,
Et criaient, transportés d'une allégresse sainte :
      Jérusalem ! Jérusalem !!!

Ainsi quand un navire égaré sur les mers,
Longtemps jouet des vents et de l'onde infidèle,
Découvre enfin le port que son désir appelle,
Une voix du grand mât retentit dans les airs :
      Terre ! terre !!!

A ce cri désiré qui suspend tous leurs maux,
Qui fait bondir le cœur des pauvres matelots.

La foule des nochers sur le tillac s'empresse.
Ils se montrent ces bords qui les vont accueillir ;
Ils les saluent de loin par des cris d'allégresse,
Et les larmes aux yeux, palpitants de plaisir,
Ils répètent vingt fois dans leur heureuse ivresse :
      Terre ! terre !!!

Bonaparte est lui-même enchanté, radieux.
Comme nous quelque temps il s'arrête, il admire :
Puis inspiré soudain et montrant ces beaux lieux :

      « Soldats, dit-il,
  « Voilà les champs où je vais vous conduire.
» Vous y rencontrerez des pays à souhaits,
» De splendides cités, des provinces fertiles.
» Des campagnes, séjour de bonheur et de paix,
    » Et l'abondance au sein des villes.
» Là d'éclatants succès, des triomphes nouveaux
» Signaleront vos bras et paieront tous vos maux :
» Vous y rencontrerez le repos, l'allégresse ;
» Vous trouverez là-bas honneurs, gloire et richesse !
» O mes amis ! devant tant de biens et d'honneur
» Manqueriez-vous jamais de constance et d'ardeur ! »

A ces mots, mille voix s'élèvent de l'armée :
« Non, jamais, cria-t-on, jamais au champ d'honneur
» Tu ne verras céder ni faillir notre cœur.
» Faut-il voler plus loin ? Faut-il vers l'Idumée
» Aller chercher encor fortune et renommée ?

» Tu n'as qu'à commander, et soudain tu verras
» Tes légions, sans crainte, accompagner tes pas. »

Ainsi parla l'armée... Et, reposés à peine,
Nous reprîmes nos rangs ; puis marchant en avant,
Comme les flots pressés d'un immense torrent,
    Nous descendîmes dans la plaine.
Frappés par le soleil, les casques radieux
Jetaient un éclat d'or qui captivait les yeux ;
    Et du milieu des voisines campagnes
    On eût cru voir un long fleuve de feux
Descendre en bondissant du sommet des montagnes.

La terre au loin tremblait sous les guerriers pesants.
Les canons, les chevaux aux pieds retentissants,
Remplissant de leur bruit les gorges résonnantes,
Faisaient mugir en bas les campagnes tremblantes ;
Et les échos lointains, répétant ces éclats,
Portèrent en grondant aux tentes de Mélas
Ces bruits sourds et confus de coursiers et de guerre
Comme un frémissement prolongé du tonnerre.

PRÉLUDES DE MARENGO

        Cependant le soldat
Prend sa place à son rang et s'apprête au combat.
Tout se meut. On n'entend, dans cette foule immense,
Que le pas des guerriers qui retombe en cadence,
Un murmure confus d'armes et de chevaux
Et le frémissement du vent dans les drapeaux, —
Le vol des cavaliers qui, sillonnant les plaines,
Soulèvent sous leurs pas les mouvantes arènes, —
Le bruit retentissant de cent foudres d'airain
Et la voix de nos chefs répétée au lointain.
L'ost des Français ainsi se dispose et s'ordonne :
Lanne fait vers la droite avancer sa colonne,

Et cette aile à sa voix doit marcher, obéir.
La gauche est sous Victor. Et pour les soutenir
Se trouvent derrière eux au pied d'une éminence
Les preux dont Oudinot gouverne la vaillance.
Fiers et vieux grenadiers blanchis dans les combats
Et sachant sans frémir affronter le trépas.
Ce sont eux qui, plus tard, élite de l'armée,
Formèrent de leurs rangs ce bataillon sacré, —
La garde impériale, à vaincre accoutumée, —
Qui durant les beaux jours de son chef adoré
Brilla de tant de gloire et fut tant admiré,
Et qui, tombant enfin sous l'effort des tempêtes
Que les rois conjurés formèrent sur nos têtes,
Jeta près de mourir, comme un divin flambeau,
Un immortel éclat aux champs de Waterloo.

Au sommet du coteau fièrement se balancent
Les hussards de la garde (*). Ils montent des coursiers
Aussi noirs que la nuit, et dont les pas devancent
    Les vents et les plombs meurtriers.
D'amples bonnets de poil leur couvrent le visage
Et rendent leur aspect terrible et menaçant.
On dirait, à les voir, quelque sombre nuage
Arrêté sur les monts, calme, mais prêt pourtant
A déployer son vol au premier coup de vent.

Le jeune Beauharnais et l'illustre Bessières
Conduisent au combat ces cohortes légères.

(*) Les cavaliers, qu'on appelle ici hussards, étaient des grenadiers à cheval. Ils portaient des bonnets à poil.

Plus en arrière et voilée à demi
Notre cavalerie en bataille s'ordonne.
A gauche, sur les pas du vainqueur de Valmy,
Marche des cuirassiers la brillante colonne.
Le soleil, sur l'acier des casques somptueux,
Dardant à son lever les traits de sa lumière,
D'un radieux éclat les fait briller aux yeux.
On voit des cimiers d'or ondoyer la crinière,
Et sous les pas pesants du coursier qui bondit
La campagne alentour et résonne et frémit.

A droite, sillonnant les campagnes voisines,
Voltige l'escadron de nos chevau-légers.
Là brillent les hussards aux splendides poitrines
Dont la main fait vibrer des glaives meurtriers ;
Les chasseurs redoutés, armés de carabines,
Et le lancier rapide, effroi du champ de Mars,
Alors que la défaite inonde au loin la plaine
        D'innombrables fuyards,
Et que partout en foule elle roule, elle entraîne
        Les bataillons épars.
Tous montent des coursiers d'une vaillante race,
Dont la blonde crinière étincelle autour d'eux,
Quand s'animant aux sons des clairons belliqueux,
Ils volent par les champs et dévorent l'espace.

Au milieu d'eux s'élève et du plus vif éclat
Brille, comme un héros rayonnant de vaillance,
        L'incomparable et beau Murat,
Le plus beau des guerriers qu'ait enfantés la France.

Il presse un destrier plus léger que les vents,
Nourri jadis au sein des pacages normands,
  Et dont le pied, quand il fond dans la plaine
A la voix du clairon qui l'appelle aux combats,
Sur le sol qu'il effleure en passant laisse à peine
    L'empreinte de ses pas.
A son côté résonne un brillant cimeterre
Que suspend à sa taille un riche baudrier,
Arme d'un Bey puissant et fameux dans la guerre
Qu'il vainquit autrefois en combat singulier.
Ses beaux cheveux bouclés, tombant en ondes molles,
Flottent, au gré du vent, autour de ses épaules.
Il a couvert son front d'un casque étincelant
Que décore avec grâce un panache éclatant,
Et dont le cimier d'or, l'ondoyante crinière
Rend son air plus terrible et sa mine plus fière.

A son aspect, nos preux s'enflamment de valeur.
Une joie orgueilleuse a dilaté leur cœur.
Son geste, son regard, sa parole vibrante
Allume dans leur âme une ardeur enivrante.
Mille acclamations le saluaient alors
Comme le plus vaillant des combattants, des forts.
  Aussi quand de sa main guerrière
Agitant dans les airs son illustre bannière,
    L'audacieux Murat
Appelait à grands cris ses guerriers au combat,
Ils accouraient en foule à sa voix adorée,
Et l'âme de valeur et de joie enivrée,
Ils volaient sur ses pas et poussaient alentour

Mille cris redoublés d'allégresse et d'amour.
Ils ne se lassaient point d'admirer sa prestance,
Sa beauté, sa noblesse et surtout sa vaillance.

C'est lui qui doit conduire au milieu des dangers
Le rapide escadron de nos chevau-légers.

Cependant notre armée au loin développée
Présentait un aspect dont l'âme était frappée :
Le soleil, éclairant de ses rayons dorés
Nos soldats recouverts de luisantes armures,
Faisait briller les dards, les glaives acérés
Et les casques d'airain ornés de chevelures.
A l'éclat dont l'acier resplendissait aux yeux
On eût dit que la terre au lointain fût en feux.
Puis parmi des forêts de piques meurtrières,
Déployant dans les cieux leurs splendides couleurs,
Flottaient avec fierté nos illustres bannières : ·
Glorieux étendards que l'Egypte en vainqueurs
Avait vus arborés au front des pyramides,
Et que le monde aussi, par nos armes dompté,
Allait voir, sur les pas de nos chefs intrépides,
Dans les cités des rois flotter en liberté.

Ce spectacle en effet enflamme les courages.
La fureur des guerriers se peint sur leurs visages,
Et sous leurs noirs sourcils et leurs fronts menaçants
Leurs yeux, comme embrasés, roulent étincelants,

Les chevaux à leur tour agitent leur crinière,
Se cabrent sous le mors, du pied creusent la terre,
Elèvent dans les airs leurs naseaux écumants,
Et montrent leur ardeur par leurs hennissements.

Tous nos soldats, rangés dans un profond silence,
Attendent le signal avec impatience.

UNE CHARGE AUTRICHIENNE À MARENGO

Leurs cavaliers, volant dans ce champ de la mort,
Poursuivaient à grands cris notre armée en détresse (*).
Elnitz au milieu d'eux excitait leur transport,
Quand, parmi la poussière et la fumée épaisse,
            Il aperçoit soudain
De nos vieux grenadiers la muraille d'airain.
Il frémit, il s'irrite à ce nouvel obstacle.
Il bondit à l'entour de leurs dards meurtriers,
Excitant de la main ses légers cavaliers

(*) On sait qu'à Marengo l'armée française eut d'abord le dessous, et que les grenadiers d'Oudinot, par leur héroïque résistance, arrêtèrent quelque temps la marche de l'ennemi.

Qui se sont arrêtés, surpris à ce spectacle.
Tel un jeune lion qui, pressé par la faim
Se prépare à l'assaut de quelque bergerie.
Les villageois armés et la flamme à la main
Accourent à grands cris repousser sa furie.
Leur bruyante clameur trouble au loin les forêts.
Le superbe animal, qu'irritent ces apprêts,
Etincelle et frémit de fureur et de rage ;
Il bondit alentour en cherchant un passage,
Et battant de sa queue et les airs et ses flancs
Il s'excite à braver les feux des combattants.
Tel paraissait Elnitz. Frappés de son audace,
Ses nombreux cavaliers s'élancent sur sa trace.
Leurs troupes, comme un vent franchissant les sillons,
Soulèvent dans les airs les arènes mouvantes,
Et sur nos flancs d'airain s'abattant foudroyantes
    Couvrent d'éclairs nos bataillons.

    Alors se choquent les épées.
    La rive retentit des coups
    Dont les armures sont frappées.
    L'airain s'agite avec courroux
      Partout la foudre tonne,
      Et l'horreur environne
    La plaine, sombre autour de nous.

    Aux coups des ennemis, répondent
    Les feux plus vifs de nos soldats.
    Le bronze et nos mousquets qui grondent
    Sur eux font pleuvoir le trépas.

La balle siffle, vole,
Et des preux qu'elle immole
Jonche la terre sous leurs pas.

Mais vainement le plomb, en sillonnant la plaine,
Comme l'herbe des prés les couche sur l'arène,
Un essaim plus nombreux les remplace aussitôt.
Leurs escadrons pressés se suivent à l'assaut
Comme les flots sans fin qu'au moment de l'orage
L'océan courroucé roule vers le rivage.
Mais ainsi que la vague, — en fondant sur l'écueil
Qu'elle bat, furieuse, en son aveugle orgueil,
S'y consume impuissante,
Ainsi leur flot épais contre nos murs d'airain
Se brise et se dissout, — puis se replie enfin
Dans la plaine sanglante.

Elnitz voit ses guerriers rompus et renversés
Replier loin de nous leurs escadrons brisés.
Leur défaite l'irrite ; il frémit de colère ;
La honte excite encor son ardeur téméraire.
Il rappelle à grands cris ses régiments épars,
Les range, les reforme autour des étendards,
Et réchauffant leurs cœurs du feu de son audace,
Il les voit de nouveau s'empresser sur sa trace.
Il voltige à leur tête, à leurs flancs, derrière eux,
Et pousse devant lui leurs flots tumultueux
Comme un fleuve irrité qui, gonflé par l'orage,
Précipite à grand bruit ses flots sur le rivage.

Mais ses efforts sont vains : le choc des assaillants
Ne saurait ébranler nos bataillons vaillants.
Vainement au combat trois fois il les ramène,
Trois fois leurs escadrons épuisés, hors d'haleine,
Arrêtés par nos feux et criblés de nos coups,
Viennent en gémissant se briser contre nous.

Immobiles au sein des flots de la bataille,
Des sanglants tourbillons qui, malgré la mitraille,
    Rugissaient autour de leurs flancs,
Nos guerriers sont restés debout dans la carrière.
Tel un chêne touffu vainqueur des ouragans ;
Tel encore un rocher qui, des gouffres mouvants
Élevant jusqu'au ciel sa tête solitaire,
Se rit de la tourmente et de l'effort des vents.
La mer en vain le bat dans sa folle colère :
Il reste inébranlable, — et l'abîme des eaux
    Vient briser là son orgueil et ses flots.

HÉROISME DE LANNE

Cependant de Mélas les nombreux régiments
Aux deux ailes toujours s'avançaient triomphants.
Victor, voyant des siens la déroute complète,
Tristement à leur suite opérait sa retraite.
Lanne fléchit aussi, mais cède avec lenteur.
Alors on vit ce chef, au sein de la défaite,
D'un héros consommé déployer le grand cœur :
Accablé sous le nombre, entouré de carnage,
Décimé par le plomb qui moissonne et ravage,
Partout il offre encore aux ennemis surpris
Un front impénétrable et des feux bien nourris.
Quand avec de grands cris de fureur et de joie,

Les vainqueurs, le voyant reculer devant eux,
Accourent pour tenter d'enlever cette proie,
Soudain il se retourne et présente à leurs yeux
Un front bardé de fer, — impénétrable enceinte,
Qui, vomissant partout la terreur et la mort.
Soudain frappe quiconque ose en tenter l'abord
   remplit l'ennemi de respect et de crainte.

Tel un vieux sanglier qu'a blessé le chasseur,
Qui se sentant faiblir, prévoyant sa défaite,
Se retire, et se voit le long de sa retraite
Assailli par les cris d'une meute en fureur.
Le terrible animal, qui contenait sa rage,
Pressé par les limiers avides de carnage,
Vers ses fiers ennemis se retourne aussitôt.
Il rappelle son cœur pour un dernier assaut ;
Il hérisse le poil de sa hure effrayante,
Fouille en grondant le sol de sa bouche écumante,
Et choquant dé ses dents l'ivoire résonnant,
Menace de ses coups le chasseur frémissant.
La meute avec effroi s'arrête tout entière.
Les limiers alentour hurlent avec fureur ;
Mais les piqueurs en vain excitent leur ardeur :
Nul d'entre eux n'oserait affronter la colère
   De ce sauvage et terrible adversaire.
Ainsi, tout en cédant et fuyant à demi,
Lanne, d'un seul regard, arrêtait l'ennemi.

VICTOIRE DE MARENGO

Et voilà donc qu'enfin leur déroute commence!

Alors Murat s'ébranle avec ses escadrons,
Murat, si redoutable au fort de la tempête,
Et plus terrible encor quand la sombre défaite
De fuyards éperdus inonde les sillons
Et les roule effarés en sanglants tourbillons.
Lui-même est à leur tête, étincelant d'audace,
Debout, le sabre en main, animant ses soldats.
Son panache éclatant voie autour de sa face,
Et certe, à voir son front qui flamboie et menace,
On l'eût pris aisément pour le dieu des combats.

A cet air martial, à sa démarche altière,
Ses soldats enflammés poussent des cris de guerre ;
Tous volent sur sa trace, et tous aux premiers rangs
Sur les pas des fuyards s'épanchent en torrents.

En vain Elnitz, avec ses cavaliers d'élite,
Derrière les fuyards échappés du combat
S'étend comme un rideau pour protéger leur fuite,
Inutiles efforts ! L'indomptable Murat
Dans son élan fougueux l'enfonce et le renverse,
Terrasse sous son bras ses guerriers qu'il disperse,
Et chasse devant lui leurs faibles bataillons
Comme dans nos forêts, d'herbes sèches jonchées,
Le vent du nord emporte et roule en tourbillons
      Les feuilles desséchées.

Alors ses cavaliers pénètrent par torrents
Dans les flancs découverts des ennemis tremblants.
Avec eux Beauharnais, Kellerman et Bessière,
Arrivant au galop avec leurs escadrons,
S'élancent à l'envi dans l'armée étrangère,
Et poussant leurs chevaux entre les bataillons
Par les larges chemins qu'a creusés la mitraille,
Inondent à l'instant tout le champ de bataille.
Tels qu'un fleuve en fureur, né des monts les plus hauts,
Qui, se précipitant par ses digues rompues,
Renverse dans son cours les forêts, les hameaux,
    Villes et bourgs, cités aux vastes rues,
Dont les palais détruits et les tours abattues
Roulent parmi la vague, emportés par les eaux.

Ainsi leurs escadrons, s'élançant ventre à terre,
 En un clin-d'œil inondent la carrière,
Foulant et renversant dans leur vol destructeur,
Cavaliers, régiments, colonnes tout entières,
Et les carrés épais, impuissantes barrières,
Que l'ennemi fuyant oppose à leur ardeur.

Tous les chefs à l'envi signalant leur courage
Sèment chez l'ennemi la mort et le carnage.
Le vaillant Kellerman avec les cuirassiers
Ecrase sous ses pas des bataillons entiers,
Et fait parmi les rangs de sanglantes trouées
Où nos légers hussards s'élancent par nuées.
Rien ne peut arrêter ce torrent furieux.
Les carrés enfoncés fléchissent devant eux,
Et tombent moissonnés par le long cimeterre
De nos brillants hussards qu'emportent leurs coursiers,
Ou gisent renversés et cloués contre terre
Sous le poignet de fer des pesants cuirassiers.

Ton bras n'est pas non plus oisif dans la mêlée,
Noble Bessière, toi l'exemple du guerrier.
Penché, le sabre nu, sur son ardent coursier
Il vole avec les siens à travers la vallée.
L'entendez-vous là-bas aux accents des clairons
S'élancer à la charge avec ses escadrons ?
Dans le champ des héros voyez comme il s'avance !
Les guerriers ne sauraient soutenir sa présence.
Ainsi qu'un foudre échappé dans les airs
Son glaive resplendit environné d'éclairs,

Renverse les fuyards épars dans la carrière
Et comme des épis les couche sur la terre.
Tout tremble à son aspect, tout fuit épouvanté,
    En proie à des terreurs mortelles,
Tel qu'on voit à l'aspect du lion redouté
    Bondir un troupeau de gazelles.

Mais où donc est Mélas en ce pressant danger?
Son bras est-il trop faible à défendre, à venger
Tant de héros tombés dans ce désastre extrême?
Ou s'est-il par la fuite au combat dérobé?
Ou frappé noblement en combattant lui-même
Git-il parmi la plaine avec les siens tombé?

Hélas! l'infortuné loin du champ de carnage
Se reposait tranquille, ignorant son malheur.
Il se croyait encor comme au matin vainqueur.
Aveugle! ignorait-il que le destin volage
Du vainqueur au vaincu promène sa faveur?
L'imprudent avait cru sa victoire certaine
Quand sur nous ses guerriers ayant eu le dessus
Voyaient fuir devant eux nos bataillons vaincus.
Alors quittant les siens triomphants dans l'arène :
« Poursuis, avait-il dit à Zach, son lieutenant,
» Poursuis notre triomphe assuré maintenant :
» Le ciel trop rigoureux me refuse la gloire
» D'en recueillir les fruits, d'achever ma victoire.
» Mon corps par la fatigue et la vieillesse usé
» Succombe sous le faix et languit épuisé.

» Mon bras en vain se lève : il retombe immobile,
» Et mon glaive en ma main est un poids inutile.
» Va donc, toi dont la force est encore en sa fleur,
» Achève mon ouvrage et t'en reviens vainqueur. »
Il dit. Et laissant là sa tâche inaccomplie
Il vint se reposer proche d'Alexandrie.
Assis au pied des murs, sous les ombrages frais
Que formaient en ces lieux des feuillages épais,
Il goûtait le bonheur que donne la victoire,
Et, s'enivrant déjà de sa future gloire,
Attendait que les siens revinssent triomphants
Pour entrer dans la ville au son des instruments.

Il triomphait ainsi, quand, dans le voisinage,
Passe un de ses guerriers échappé du carnage.
Il reconnaît Mélas. — « O chef infortuné,
» Dit-il, fuyez ! la bataille est perdue ;
» Notre armée en déroute est détruite, est vaincue.
» Zach avec ses guerriers captif est emmené.
» Tout est perdu ! fuyez, fuyez ce champ funeste !
» Hélas ! de nos soldats pas un seul ne nous reste ! »

A ce mot foudroyant, terrible, inattendu,
L'infortuné Mélas demeure confondu.
La terreur le saisit ; l'épouvante le glace
Et le cloue immobile et muet à sa place...
    Sortant enfin de ce funeste état,
Comme un homme en sursaut qui d'un songe s'éveille,
Il court en frémissant vers le champ du combat.
Les sinistres clameurs qui frappent son oreille

Redoublent en chemin son trouble et sa terreur.
Enfin il touche au lieu de son malheur...

Quel horrible spectacle à ses yeux se présente !
Il voit ses bataillons qu'emporte l'épouvante,
Accourir en désordre, et partout dispersés ;
Tous ses braves tombés, et leurs corps entassés
    Dans la lice sanglante ;

Les régiments rompus, les carrés enfoncés
Sous les pieds des chevaux foulés et renversés,
Et les Français partout triomphant sans obstacle ;
Plus d'ordre, plus de chef qui maîtrise la peur :
Partout la mort, partout le trouble et la terreur,
    Le carnage et l'horreur !....
O désastre ! ô malheur ! ô funeste spectacle !

Le malheureux Mélas n'en peut croire ses yeux.
Il ne peut concevoir cette infortune extrême,
Lui qui les a laissés vainqueurs à l'heure même...
Il vole cependant, s'élance au milieu d'eux,
Les rappelle à grands cris et tâche dans leur âme
De réveiller au moins quelque reste de flamme ;
Mais parmi le désordre et tant de bruits divers
C'est vains efforts : sa voix n'est pas même entendue,
Et ses cris, dominés par l'horrible cohue,
Restent sans fruit et vont se perdre dans les airs..

Alors au désespoir, entre sa main crispée,
L'infortuné Mélas a brisé son épée ;

Il se frappe le front, souille ses cheveux blancs,
S'élance et veut mourir au sein des combattants.
C'est alors que, touché de ce noble courage,
Zach, à qui le vieillard avait tout confié,
Vient pour lui du consul implorer la pitié :
« Pour Dieu, faites cesser cet horrible carnage,
» Dit-il ; ayez pitié de nos tristes débris,
» Et nous vous céderons pour jamais ce pays. »

Bonaparte, attendri, fait sonner la retraite.
Le tambour, le clairon, l'éclatante trompette
    De toutes parts retentissent alor.
Nos guerriers, fatigués de tant d'œuvres funestes,
Retiennent leur acier prêt à frapper encor,
Et de leurs destriers ralentissant l'essor,
Epargnent des vaincus les déplorables restes.

MORT DE DÉSAIX

(RÉCIT D'UN SOLDAT)

En ce moment paraît et tristement s'avance
Rapp, l'ami de Désaix. Des larmes en silence
Descendent de ses yeux... Nous tremblons, tout émus...
— « Pleurez, dit l'officier, pleurez : Désaix n'est plus ! »

    A cette nouvelle soudaine,
La douleur, la surprise a glacé notre cœur.
Les chants cessent ; nos fronts se couvrent de pâleur,
Et tous saisis, muets, respirant avec peine,
Nous restons consternés, oppressés de douleur.

Pendant quelques moments, il pèse sur l'armée
Un silence de mort...
Enfin, par un pénible effort,
Exhalant la douleur en nos cœurs renfermée,
Ensemble nous nous écrions :
« *Hélas ! comment est mort ce vaillant compagnon !* »

En mots entrecoupés par des soupirs profonds :
« Il est tombé, dit-il, au milieu de sa gloire.
» Au moment où de Zach renversant les soldats
» Il allait s'élancer pour saisir la victoire,
» Un plomb mortel lui donna le trépas.
» Je l'ai vu succomber et mourir dans mes bras !

» *Allez, me dit-il, allez dire au premier Consul que je*
» *meurs avec le regret de n'avoir pas assez fait pour la*
» *France et la postérité.* »

En entendant ces mots,
Tous nos guerriers éclatent en sanglots.
Les larmes de nos yeux coulent en abondance.
La pitié, les regrets déchirent notre cœur,
Et tous, émus, nous répétons avec douleur :
« *Hélas ! hélas !*
» *Comment est-il tombé, ce héros de la France ?* »

Les chefs pleurent aussi leur ami qui n'est plus.
Les coteaux, les rochers semblent même être émus.
Les échos d'alentour, dépouillant leur silence,

Exhalent vers le ciel de douloureux accents
Et redisent partout en longs gémissements :
    « Hélas! hélas !
» *Comment sont-ils tombés, les héros de la France?* »

Et du fond des grands bois, du mont inhabitable
S'élève un cri plaintif, une voix lamentable,
Qui dans l'ombre du soir va toujours grandissant
Et le long des vallons répète en gémissant :
    Hélas ! hélas!

Tout le soir, les Français sans goûter de repos
Pleurèrent sur le corps de ce vaillant héros.
A l'aube on s'occupa du soin des funérailles ;
Quatre vieux grenadiers de leur fer de batailles
Creusèrent dans la plaine, au pied d'un noir cyprès,
Une fosse profonde... On y porta Désaix.
Au point de le descendre en sa sombre demeure,
Un noble grenadier, vieillard en cheveux blancs,
Les yeux mouillés de pleurs, s'avance hors des rangs
Et saisissant la main du vaillant chef qu'il pleure :

    « Adieu ! cher général, dit-il.
» Naguère tous les deux sur le Rhin et le Nil
» Nous avons combattu. Votre bras tutélaire
» Toujours a protégé le faible et l'opprimé.
» Vous étiez du soldat le modèle et le père.
» Vos vertus, votre nom, cher à l'armée entière,
» Volait de bouche en bouche à l'envi proclamé.
» Votre personne à tous fut précieuse et chère...

» Hélas ! la mort, au printemps de vos jours,
» D'un si brillant destin vient de finir le cours !
» Si jeune, vous partez! Et moi je reste au monde !
» O douleur ! ô regrets !... Guerriers, à cet ami
» Que nous allons laisser dans la tombe endormi,
» Donnons, donnons les pleurs d'une douleur profonde.
  » Disons-lui tous ensemble : Adieu, frère ! »

                                          A ces mots
De nouveau tous les cœurs éclatent en sanglots.
Chacun veut voir encor pour une fois dernière
Cet ami si vaillant et tant aimé sur terre...
Certes, nul n'emporta de plus nobles regrets.
Enfin, dans son tombeau l'on descendit Désaix.
Un cyprès ombragea sa couche solitaire.
On rangea sur sa tombe une modeste pierre,
Et sur ce monument on écrivit ces mots :
« Arrête, voyageur : tu foules un héros. »

ÉLÉGIE SUR LA MORT DE DÉSAIX

(IMITÉE D'OSSIAN)

Noble Désaix, ta gloire échappée au naufrage
Sera chantée un jour par les bardes pieux,
Et ton nom vénéré parviendra d'âge en âge
    A nos derniers neveux.

Tu succombes, à peine entré dans la carrière,
Comme un lis peu durable au souffle des zéphyrs ;
Mais en disparaissant tu laisses sur la terre
    D'éternels souvenirs.

Ainsi la fleur coupée au lever de l'aurore
Conserve encor longtemps l'éclat de sa couleur,
Et même après sa mort exhale et donne encore
    Une agréable odeur.

Vous tous qui le pleurez, sur les champs de bataille,
Vous l'avez vu briller au fort de l'action.
L'Egypte encor l'admire, et le désert tressaille
    Au seul bruit de son nom.

Son cœur, de la sagesse était le siége auguste,
Son bras, le bouclier qui défend l'opprimé,
Et les peuples charmés avaient proclamé Juste
    Ce sultan bien-aimé.

Tel fut ce grand guerrier aux beaux jours de ses gloires.
Tel il fut aujourd'hui qu'il surmonta Mélas ;
Et voilà maintenant après tant de victoires
    Ce qu'en fait le trépas !

Sans force, il va descendre en la tombe muette
Pour ne plus reparaître et toujours sommeiller :
La voix même des siens, le son de la trompette
    N'en saurait l'éveiller.

Force, beauté, valeur, qu'êtes-vous sur la terre ?
Nuage que colore un rayon du matin,
Vapeur aux reflets d'or que la brise légère
    Vient dissiper soudain.

Le héros, comme un astre, apparaît sur la scène ;
Mais la mort aussitôt le fauche sans pitié :
Tant de splendeur s'efface, — et l'aurore prochaine
    Le retrouve oublié.

Rien donc ne restera pour marquer leur passage
De tant d'astres, hélas ! au tombeau descendus ?
Non, rien n'en restera, s'ils n'ont pour héritage
    La gloire et les vertus.

Daigne donc, ô Désaix, éclaircir ta tristesse ;
Cesse dorénavant de pleurer sur ton sort :
Tes brillants souvenirs de gloire et de sagesse
    Survivront à ta mort.

Oui, tant que les mortels parleront du Grand homme,
Que nos exploits fameux des ans vivront vainqueurs,
Que la gloire surtout, qu'en tressaillant l'on nomme,
    Parlera dans les cœurs ;

Tant qu'un barde divin, de sa voix inspirée,
Chantera des héros les combats glorieux,
Ton nom sera béni, ta gloire célébrée
    Dans des concerts pieux.

Et seulement, hélas ! quand le temps dans sa fuite
Effacera d'ici la trace de nos pas ;
Quand nos fils dormiront sous leur race détruite
    Toute en proie au trépas ;

Quand les noms des héros et les chants du poète,
Et les grands souvenirs dont notre âge est rempli
Seront tous balayés comme par la tempête
    Dans la mer de l'oubli ;

Oui, seulement enfin tu cesseras d'entendre
Chanter partout ta gloire, et ton nom périra ;
Et l'étranger alors en passant sur ta cendre,
    Pensif demandera :

« *Quel était ce Désaix ? Quel fut le sultan juste ?* »

LA NUIT DE WATERLOO

Sur son char étoilé la nuit poursuit son cours.
L'astre roi qui mesure et les nuits et les jours,
Hâtant son vol brillant parmi l'autre hémisphère,
Va terminer enfin sa course circulaire.
Il ramène vers nous son char éclatant d'or.
L'aurore à l'horizon ne paraît point encor;
Mais dans quelques moments ses blonds cheveux sans doute
Des cieux resplendissants auront rougi la voûte.
O soleil, suspendez votre retour prochain.
Vastes mers, retenez dans votre humide sein
Ses coursiers arrivés au bout de leur carrière.
Astres, éclipsez-vous. Ciel, voile ta lumière ;

Car terrible et sanglant, oh ! sera le réveil
Qui suivra pour ces preux leur paisible sommeil !
Ces champs, d'où maintenant ne sort aucun murmure,
Où dorment ces vaillants sous leur pompeuse armure,
Où bondit le coursier, où fourmillent les dards,
Où flottent dans les airs de brillants étendards,
Hélas! bien avant l'heure où tombe la nuit sombre,
Seront couverts de sang, de ruines sans nombre !
Ces étendards seront dans la poudre étendus,
Et les mousquets brisés, et les casques fendus,
Et là gîront aussi ces destriers rapides,
Et près d'eux, ô douleur ! leurs maîtres intrépides,
Qui, frappés par le glaive ou le plomb meurtrier,
Se seront endormis pour ne plus s'éveiller.
Tel sera de ces lieux l'aspect épouvantable.
Oui, demain se dénoue un drame formidable.
Le sort de l'univers, si longtemps incertain,
Va, par un grand combat, se décider enfin,
L'empereur, qui jamais n'a frappé l'Angleterre
Que dans les alliés qui servaient sa colère,
Demain va la saisir et d'un puissant effort
L'écraser ou périr : c'est un duel à mort.

Le monde, palpitant de crainte et d'espérance,
Les yeux sur les deux camps attachés en silence,
Attend en frémissant quel sera son destin.
Le ciel même avec crainte attend le lendemain.
Les anges, qui, des cieux, veillent sur chaque empire,
Penchant leurs fronts du haut des palais éternels,
Contemplent, consternés, les deux parts des mortels,

Près de se déchirer et de s'entre-détruire
　　Dans des combats cruels.
Inquiets et tremblants, ils cherchent à connaître,
Dans l'aspect des regards du Très-Haut, quel peut être
Le parti que demain couronnera le sort,
A qui sera le prix, ou la vie ou la mort.

Alors sortant du fond des brillants sanctuaires
Où sa grandeur réside au milieu des mystères,
Le Dieu saint, le Dieu fort, l'arbitre des combats,
Qui ravit à son choix ou donne la victoire ;
Celui qui tient en main le sort des potentats,
Devant qui le monde est comme s'il n'était pas, —
S'avance, environné de lumière et de gloire,
Pour décider enfin du sort de l'univers
Et donner à nos preux ou triomphe ou revers.
Il s'avance, escorté des célestes phalanges,
(Myriades d'esprits !) des brillants chérubins,
Qui, toujours près de lui, sur des orgues divins
Expriment leurs transports et chantent ses louanges.
Ils entonnent en chœur l'éternel Hosanna
Et cet hymne sacré qu'entendit le prophète,
Quand à ses yeux ravis le ciel se dévoila,
Et qu'il put contempler dans sa clarté parfaite
　　Le front de Jéhova.

Ils chantent : « *Saint, saint, saint est le Dieu des armées.*

» Chantons à Jéhova ! Gloire à lui dans les cieux !
» Il est le roi de gloire ; il brille sur son trône ;

» Il monte un char de feu que la foudre environne :
   » Il est vraiment le Dieu des dieux !

  » *Saint, saint, saint est le Dieu qui commande aux armées.*

  » Il est le seul Très-Haut. Seul il donne des lois
  » A la terre, à la mer devant lui prosternées.
  » Il régit l'univers et fait les destinées
    » Des peuples et des rois.

  » *Saint, saint, saint est le Dieu qui commande aux armées.*

  » Salut, gloire au Dieu fort, au Dieu fort et puissant,
  » Qui préside aux combats, qui donne la victoire,
  » Qui dispense à son choix ou la honte ou la gloire
    » Au timide comme au vaillant.

  » *Saint, saint, saint est le Dieu qui commande aux armées.* »

Ainsi chantent en chœur ces célestes esprits,
Et leur hymne, redit par mille voix charmantes,
Se prolonge sans fin dans les sacrés parvis.

Sept d'entre eux, revêtus de robes éclatantes,
Portent devant ses pas des foyers odorants,
De brillants encensoirs pleins de myrrhe et d'encens,
Que leur main doucement et gouverne et balance
    Avec un bruit harmonieux,
D'où s'élève et s'étend, comme un nuage immense,
L'odorante vapeur de parfums précieux :
    Suave odeur, bruits ineffables,
    Nard et parfum divins,

Toujours goûtés et toujours agréables ;
Car ce sont les soupirs des justes et des saints.
D'autres, de ses rigueurs, ministres redoutables,
Portent à ses côtés des glaives flamboyants,
    Des arcs tendus, des carquois menaçants,
        Et ces traits formidables
Qui, forgés au brasier du céleste courroux,
Vont en tonnant percer d'inévitables coups
Le coupable endurci que poursuit sa vengeance.

C'est dans cet appareil auguste et solennel
Que l'arbitre des rois, le Dieu du ciel s'avance
Et dirige ses pas vers le séjour mortel.
Il ébranle en marchant, de la cité divine
Les fondements sacrés, les vivantes parois ;
Devant lui, sous ses pieds, au seul son de sa voix
Le ciel obéissant et s'abaisse et s'incline :
Il descend !.. Entassés par son souffle puissant,
        Les ténébreux orages
Forment autour de lui des rideaux de nuages
Qui dérobent sa face au monde frémissant.
La flamme et la fumée enveloppent son trône ;
L'éclair sort de ses yeux ; sous lui la foudre tonne,
Et sa voix à grand bruit éclatant dans les airs
Fait frémir de terreur la terre et l'univers.

Enfin, touchant aux lieux où les fécondes nues
Sur les ailes des vents séjournent suspendues,
Il s'arrête. — Penché sur les camps ennemis,
Il contemple un moment ces guerriers endormis.

Ensuite, ouvrant le livre où sont leurs destinées,
Où se trouvent comptés les jours et les années
Qu'à chacun des mortels il daigna départir,
Il nomme les guerriers qui demain vont mourir.
Puis prenant en sa main l'éternelle balance
Où sont pesés les rois et leurs destins divers,
Il l'étend devant lui dans le vide des airs...
L'urne où pèse le sort du héros de la France
     Soudain descend jusqu'aux enfers.
C'est le signe certain que sa chute s'avance.
     Alors du sein d'un lugubre silence,
La voix de Dieu s'entend qui dicte cet arrêt :
« Mes desseins sont remplis ; désormais c'en est fait. »

A ces mots, les esprits qui protègent nos armes
     Poussent un cri douloureux, déchirant.
Ils s'agitent, saisis de mortelles alarmes ;
Ils se voilent le front de leurs ailes d'argent,
Et vers nous, éplorés, tombent en soupirant.
La terre consternée, à leurs cris lamentables
     Répond par un gémissement.
Des accents douloureux, des voix inconsolables
     S'élèvent dans l'éloignement.
Le vent siffle et mugit ; la foudre brille et gronde
Et déchire à longs traits l'obscurité profonde.
L'orage sur les camps éclate avec fureur ;
Et dans les airs troublés, mêlée à la tempête,
O prodige ! augmentant l'épouvante et l'horreur,
Une voix inconnue au loin passe et répète :
     « Malheur, malheur, malheur ! »

POÉSIES DIVERSES

CHANT DU BÉDOUIN

a

Je suis né sous le ciel de l'Heureuse-Arabie,
Dans un vallon charmant, sur la rive bénie,
   Où croit la myrrhe avec l'encens;
Chez des peuples experts à façonner la terre,
A dresser leurs chameaux et dompter la colère
   Des taureaux forts et mugissants.

Mais moi, j'ai préféré, dans ces déserts sauvages,
   Dresser ma tente et lancer mon coursier.
J'aime ces mers de sable, océans sans rivages,
Où vole en liberté mon léger destrier.

4

Mon père était puissant, et sa fortune immense.
Ses palais effaçaient par leur magnificence
    Ceux du cheyk le plus fortuné.
Cent vaisseaux sous ses lois fendaient les vastes ondes;
Ses marchands trafiquaient dans les ports des deux mondes,
    Et moi j'étais son fils aîné !

Mais moi, j'ai préféré, dans ces déserts sauvages,
    Dresser ma tente et lancer mon coursier.
J'aime ces mers de sable, océans sans rivages,
    Où vole en liberté mon léger destrier.

Un jour je l'ai lancé par les monts et les plaines,
Par delà les déserts, vers les terres lointaines
    Où l'horizon se joint aux cieux.
J'ai vu des bords heureux, de fertiles rivages,
Où les hommes, assis sous de riants ombrages,
    Coulaient des jours délicieux.

Mais moi, j'ai préféré, dans ces déserts sauvages,
    Dresser ma tente et lancer mon coursier.
J'aime ces mers de sable, océans sans rivages,
    Où vole en liberté mon léger destrier.

Leurs vierges au teint brun, dansant sur la fougère,
Chantaient: « Bel étranger, borne ici ta carrière:
    » Crains pour ton front les feux du jour.
» Viens au bord de nos eaux rafraîchir ton haleine... »
Et leurs seins palpitants, et leurs beaux yeux d'ébène.
    Étaient tout rayonnants d'amour.

Mais moi, j'ai préféré, dans ces déserts sauvages,
   Dresser ma tente et lancer mon coursier.
J'aime ces mers de sable, océans sans rivages,
Où vole en liberté mon léger destrier.

Je vis un peuple en deuil, faisant les funérailles
De son chef adoré tombé dans les batailles...
   Je le vengeai le lendemain.
Ce peuple alors, frappé de mon bonheur extrême,
Voulut à mes genoux mettre son diadème
   Et me choisir pour souverain.

Mais moi, j'ai préféré, dans ces déserts sauvages,
   Dresser ma tente et lancer mon coursier.
J'aime ces mers de sable, océans sans rivages,
Où vole en liberté mon léger destrier.

Oui, le désert me plaît ; il réjouit ma vue.
Je sens mon cœur s'emplir d'une ivresse inconnue
   Au seul aspect de sa grandeur.
Salut, vaste désert ! Immensité profonde,
Mer sans bornes, salut ! — C'est en vain que le monde
   M'offrit plaisirs, richesse, honneur.

Toujours j'ai préféré, dans ces déserts sauvages,
   Dresser ma tente et lancer mon coursier.
J'aime ces mers de sable, océans sans rivages,
Où vole en liberté mon léger destrier.

LA COLOMBE INFIDÈLE

ROMANCE

Air : *Du Nègre.*

» O ma colombe, à moi reviens à tire-d'aile !
» Reviens te reposer, t'ébattre sur mon cœur ;
» Viens dissiper ma crainte et calmer ma douleur :
» Voudrais-tu désormais devenir infidèle ?

    » Hélas ! me fuir depuis trois jours !
» Ne reviendras-tu point ? Voleras-tu toujours ? »

Ainsi, suivant des yeux sa douce tourterelle,
Disait un jeune enfant, au cœur plein d'amitié:
» Oh! reviens, disait-il; seras-tu sans pitié?
» Seras-tu sourde aux cris de ma voix qui t'appelle?

Mais la colombe, sans amours,
Dans l'air en liberté volait, volait toujours.

» Ne veux-tu pas m'entendre? hélas! ô mon amie,
» Ne reviendras-tu pas te mirer dans nos eaux,
» Boire le flot si pur de nos charmants ruisseaux,
» Et chanter sous l'ombrage ou sur l'herbe fleurie?

» Reviens, reviens, ô mes amours!
» N'entends-tu pas ma voix? Voleras-tu toujours?

» Reviens, que je te donne encore une caresse.
» Reviens: un nid de rose est préparé pour toi.
» Le plaisir, le bonheur te trouveront chez moi...
» Mais entends-tu ma voix? Voleras-tu sans cesse?

O mon bonheur! ô mes amours!
» Voudrais-tu donc me fuir, me quitter pour toujours!

» Bel oiseau, si tu veux quitter ton jeune maître,
» Laisse au moins quelque plume arriver jusqu'à moi.
» Je la garderais bien en souvenir de toi!
» Mais reviens! Fuiras-tu sans vouloir me connaître?

» Aurais-je perdu tes amours?
» Ne m'entendras-tu point? Voleras-tu toujours?

» Mais l'infidèle, hélas ! et s'éloigne et s'envole.
» Il s'éloigne toujours et va chercher là-bas
» Des soleils plus charmants et de nouveaux ébats.
» Il n'a pu revenir au son de ma parole !

   » Hélas ! j'ai perdu mes amours.
» Il ne reviendra point : Il volera toujours!

» Que vais-je devenir sans ma chère colombe ?
» Elle était mon amour, ma joie et mon bonheur.
» Hélas! à l'avenir, mes jours dans la douleur
» Tristement s'en iront, s'en iront vers la tombe !

   » Hélas! j'ai perdu mes amours.
» Je ne la verrai plus : Je pleurerai toujours! »

LA RUINE DE BABYLONE

(TIRÉE DE L'APOCALYPSE)

L'entendez-vous tomber, la grande Babylone,
Avec un long fracas s'écroulant de son trône
    Comme un rocher du haut des monts?...
Elle est... elle est tombée!... Et son enceinte impure
Est devenue enfin l'horreur de la nature
    Et l'antre des démons.

Vous êtes équitable, ô Dieu! dans vos colères:
Elle avait corrompu de ses feux adultères
    Tous les puissants de l'univers.
Ses marchands égalaient les rois en opulence
Et s'étaient enrichis par la magnificence
    De son luxe pervers.

Elle disait parfois, dans sa puissance vaine :
« Sur le trône du monde assise en souveraine,
    » Je puis braver les coups du sort.
» Les rois me font la cour : je ne serai point veuve
» Et ne subirai point la lamentable épreuve,
    » Du deuil et de la mort. »

Et c'est pourquoi la mort, le deuil et la famine,
Et la sombre douleur et l'affreuse ruine
    Fondront sur elle en un seul jour.
Alors tu périras, Babylone adultère
Comme jadis Gomorh, qu'en un jour de colère
    Dieu perdit sans retour.

Les rois du monde alors qui furent ses complices,
Qui, s'énivrant du vin de ses déréglements,
Vécurent avec elle au milieu des délices,
    Seront dans les gémissements.
Ils pleureront sur elle, en un jour abîmée ;
Ils frapperont leur sein en voyant la fumée
    De ses embrasements ;
Ils fuiront, dans l'effroi du malheur qui l'accable,
Et diront, en pleurant sur sa fin lamentable
    Et plaignant ses tourments :

Hélas ! hélas ! puissante Babylone,
Cité des rois, palais, séjour d'enchantement !...
    Sur toi, la mort, le deuil qui t'environne
    Sont venus fondre en un moment !

Les marchands de la terre aussi dans la tristesse
Se prendront à pleurer en voyant son destin ;
Car on n'achètera jamais plus leur richesse,
    Leurs beaux effets d'or et d'airain,
Les meubles, les tissus où l'argent se déploie,
Ni l'encens, les parfums, les perles ni la soie,
    Ni l'or, ni le fin lin.
Ces marchands loin de là se tiendront dans les larmes,
Et diront en voyant ses cruelles alarmes
    Et sa funeste fin :

    Hélas ! hélas ! cette ville prospère,
Qui se vêtait de lin, d'or et de diamant,
    Dont les trésors enrichissaient la terre,
    Les a perdus en un moment !

Les nautonniers aussi, les patrons des navires,
Tous ceux qui par les mers cherchent fortune, honneur,
Et les marchands venus de Tharsis et d'Ophires
    Avec des huiles de senteur,
Diront en la voyant précipiter du trône :
Quelle ville a jamais égalé Babylone
    En richesse, en splendeur ?
Et chargés des effets qu'ils ne pourront plus vendre,
Ils frapperont leur sein, se couvriront de cendre,
    Diront avec douleur :

    Hélas ! hélas ! cette reine du monde,
Dont la magnificence attirait ardemment
    Tous les marchands qui trafiquaient sur l'onde,
    Fut abîmée en un moment !

Oh! oui, tu tomberas, infâme pécheresse,
Et le monde jamais ne te retrouvera.
Le Seigneur irrité, de sa main vengeresse
    Dans l'abîme te plongera.

Semblable dans ta chute à la roche pesante,
A la meule d'airain, que, d'un bras vigoureux,
L'archange souleva, puis lança tournoyante
    Dans les flots ténébreux,

O Babylone, ainsi pour expier tes crimes,
Tu seras renversée et jetée aux tombeaux,
Et tu disparaîtras dans le sein des abîmes,
    Comme une pierre au fond des eaux.

Et l'on n'entendra plus chez toi, la condamnée,
Ni la voix des joueurs, ni les sons du tambour;
Et la joyeuse danse et les chants d'hyménée
    Cesseront sans retour.

Pour toi l'astre du jour aura cessé de luire;
La nuit sur tes débris régnera désormais ;
Le silence et la mort en feront leur empire
    Et cela pour jamais!

Et tous ces maux affreux, ô ville réprouvée,
Sur toi fondront soudain au sein de tes plaisirs,
Parce qu'en tes fureurs ta main s'est abreuvée
    Du sang des saints et des martyrs.

Réjouissez-vous donc et célébrez des fêtes,
O cieux, que Babylone a longtemps outragés;
Et vous, consolez-vous, saints martyrs et prophètes,
    Le Tout-Puissant vous a vengés!

ALMA MATER!

(LITANIES A LA VIERGE)

Souveraine des anges,
Vous dont le séraphin
Entonne les louanges
Dans un hymne sans fin.

CHŒUR.

O divine Marie,
De votre fils apaisez le courroux,
Vierge trois fois bénie,
Intercédez pour nous.

Vous dont le front suprême
De gloire environné,
Comme d'un diadème
D'étoile est couronné,

O reine tutélaire,
Dont le pied triomphant
Ecrasa sur la pierre
La tête du serpent,

Soutenez le courage
De vos faibles enfants,
Et dans leur héritage
Menez-les triomphants.

Vierge trois fois bénie,
Vierge que l'Eternel
Sur toutes a choisie
Pour nous ouvrir le ciel,

Vierge sainte et plus pure
Que le lis du vallon,
Que la blanche parure
Des filles de Sion,

Rose qui vient d'éclore,
Etoile de beauté,
Plus pure que l'aurore
Dans sa sérénité,

Vous dont l'humble prière
Plus pure allait aux cieux
Que la flamme légère
D'un parfum précieux,

Cœur que l'amour embrase
De transports immortels,
Plus ardent que le vase
Brûlant sur nos autels,

Source de toute grâce,
Venez de notre cœur
Longtemps resté de glace
Réchauffer la tiédeur.

Vous qui dans la nuit sombre
Où l'œil perd son chemin,
Apparaissez dans l'ombre,
Etoile du matin,

Venez en ce bas monde,
Où l'homme erre incertain,
Parmi la nuit profonde
Guider le pèlerin.

Vous qui dans la tourmente,
Quand mugissent les flots,
Vous levez souriante,
Espoir des matelots!

Ainsi quand les tempêtes,
Quand le sombre chagrin
S'abattent sur nos têtes
Tendez vers nous la main.

Vous que loin de la terre
Les nochers submergés
Nomment dans leur prière
Salut des naufragés !

Apaisez nos alarmes
Quand, touchés de douleurs,
Nous veillons dans les larmes,
Refuge des pécheurs !

Fontaine murmurante,
Où le cerf épuisé
Par la soif dévorante
Se plonge, délassé.

Pluie et rosée humide
Qui rafraîchit l'été,
Qui rend au sable aride
Vie et fécondité.

De notre âme flétrie
Par le vent du malheur,
Venez, source de vie,
Ranimer la langueur,

Notre douce espérance,
Notre ferme soutien,
Notre arche d'alliance,
Asile du chrétien !

FIN DES CHANTS NAPOLÉONIENS.

LE

RETOUR DU CROISÉ

PERSONNAGES

HUASCARD, le croisé.

THÉOBALD, chevalier de sa suite.

Troupe de guerriers.

EMMA, femme d'Huascard.

ARTHUR, fils d'Huascard, âgé de 15 ans.

ROSEMOND, ennemi d'Huascard.

ALBAN ou ALFANOR, confident de Rosemond, ancien servi-
    teur d'Huascard.

Troupe de gardes.

ACTE PREMIER

La scène représente l'entrée d'un château, des fortifications,
des tours et un bois à proximité.

SCÈNE PREMIÈRE

HUASCARD, THÉOBALD.

HUASCARD, à quelque distance du château.

Voilà donc le manoir qu'ont élevé mes pères !
O palais, murs sacrés, vous qu'enfin je revois
    Après dix ans d'absence et de misères,
Mon cœur à votre aspect s'émeut comme autrefois ;
Je vous retrouve encor parés des mêmes charmes,
Et je sens que mes yeux se remplissent de larmes.
Mais vous m'êtes ravis !... Un rival odieux
Règne en paix dans les murs qu'ont bâtis mes aïeux ;
Il foule le foyer de mes nobles ancêtres,

Et ses gens insolents y commandent en maîtres.
Non content de m'avoir ravi ces murs chéris,
Le cruel, poursuivant ses implacables haines,
Y retient enchaînés mon épouse et mon fils.....
Mon épouse en ses mains!... mon enfant dans les chaînes!...
    O crime! ô barbare oppresseur !
A ce penser, mon sang bouillonne de fureur.
Je voudrais qu'en mes mains le traître, le parjure
Fût livré tout vivant pour que je le torture !
Quels que fussent jamais sa honte et son tourment,
Ce serait pour son crime un faible châtiment.
Le perfide ! au moment où je pris la croix sainte,
Il s'en vint, affectant une piété feinte,
Jurer entre mes mains d'oublier à jamais
Nos antiques discords, et de rester en paix.
Pour bannir tout soupçon de mon âme trompée,
Il feignit de vouloir aussi ceindre l'épée.
Il partit ; mais tandis qu'on ne l'observait pas,
Le parjure en chemin retourna sur ses pas.
Il vint, loup ravissant, à la faveur de l'ombre,
Surprendre mon château qui faillit sous le nombre,
Et depuis ce moment, dans une heureuse paix,
Le traître impunément jouit de ses forfaits.
Mais enfin me voici ! Frémis de ma présence :
Me voici, moi, ma haine et ma juste vengeance.
Je viens te demander compte de ton serment,
De cette foi jurée et si mal observée.
Tremble ! le ciel t'apprête un rude châtiment ;
L'heure de la justice est enfin arrivée,
Et le glaive vengeur, trop longtemps attendu,

Sur ta tête coupable est déjà suspendu !
Quel moyen, Théobald, te semble préférable,
Pour rentrer dans ces murs et punir le coupable?

THÉOBALD.

En voyant de ces tours la force et la hauteur,
Un assaut me paraît téméraire, Seigneur.
Si nos troupes encor se trouvaient plus nombreuses....,
Mais après dix étés de guerres malheureuses,
Nous sommes décimés, et de tant de soldats,
Trente guerriers à peine accompagnent nos pas.

HUASCARD

C'est pourquoi, renonçant à toute attaque ouverte,
C'est par la seule ruse, en trompant l'assassin,
Que je veux le surprendre et consommer sa perte.
Reprenons de nouveau l'habit de pèlerin,
Il nous a dérobés à des périls extrêmes
Et tenus ignorés jusques en ces lieux mêmes.
Que dix de nos guerriers, vaillants et résolus,
Nous suivent en ces murs, ainsi que nous vêtus.
Nous y demanderons à passer la nuit sombre,
Nous verrons des gardiens et la force et le nombre,
Et comme du château nous savons les détours,
Nous pourrons aisément, sans danger pour nos jours,
Par une attaque prompte entre nous concertée,
Nous saisir, dans la nuit, d'une porte écartée.
Nos amis au dehors se tenant prêts d'agir
Seront au moindre bruit prompts à nous secourir.

1.

THÉOBALD.

L'entreprise, Seigneur, me paraît bien hardie :
Si nous sommes connus, il y va de la vie.

HUASCARD.

Je le sais, cher ami ; mais ce déguisement
N'a rien pour le tyran qui doive être alarmant.
Il verra nos habits et notre petit nombre,
Nous recevra sans peine et n'en prendra point d'ombre.
Et d'ailleurs, s'il le faut, pour l'abuser encor,
Moi-même en arrivant j'annoncerai ma mort.
Mon anneau, mon épée, à ses yeux présentés
Confirmeront assez la nouvelle apportée.
  Dans ses transports, le cruel sera loin
  De soupçonner qu'on l'abuse à ce point.
Il nous recevra bien, et sans trop de contrainte
Nous pourrons préparer l'attaque de l'enceinte.

THÉOBALD.

J'entends du bruit, Seigneur. Quelqu'un pourrait nous voir.
Retirons-nous plus loin pour attendre le soir.

SCÈNE II.

LES PRÉCÉDENTS, à l'écart; EMMA, en robe de deuil;
ARTHUR, chargé de fers.

EMMA, sortant du château.

Oh ! que depuis longtemps je n'ai vu la lumière !

HUASCARD, à l'écart.

Dieu ! que vois-je ? Une femme... Un jeune homme... ô misère !

EMMA.

Hélas ! en quel état nous voyons-nous réduits !

HUASCARD.

Ciel ! je les reconnais : C'est ma femme et mon fils !

THÉOBALD.

Est-il possible, ô Dieu !

EMMA.

Viens, mon fils, suis ta mère,
Et je te ferai voir le palais de ton père,
La place où par trois fois en quittant ces doux lieux
Il te prit dans ses bras et nous fit ses adieux.

(Ils disparaissent quelques instants.)

HUASCARD.

En quel état ils sont ! ô douleur ! ô vengeance !
Le barbare ! à ce point pousser la violence !...
Théobald, sauvons-les, courons briser leurs fers...

THÉOBALD, le retenant.

Si vous faites un pas, nous sommes découverts.

HUASCARD.

Pourquoi faut-il que ta main me retienne ?
Le cruel, l'implacable ! il se nourrit de haine...

THÉOBALD.

Eloignons-nous, Seigneur.

HUASCARD.

Et je n'enfonce pas le poignard dans son cœur !

THÉOBALD.

Partons, retirons-nous... Ah ! Seigneur, cette vue
Sans servir vos projets, vous déchire et vous tue.

(Ils s'éloignent.)

SCÈNE III.

EMMA, ARTHUR, reparaissant.

EMMA.

Voilà, mon cher Arthur, les murs que tes aïeux
Ont bâtis autrefois dans des temps plus heureux.
Voilà le beau palais qui devait d'âge en âge
Etre de leurs enfants le brillant héritage ;
Où toi-même, ô mon fils, tu devais à ton tour
Croître pour le bonheur et commander un jour.
Mais, hélas! et pendant l'absence de ton père,
Parti depuis longtemps pour la terre étrangère,
Le cruel Rosemond, usant de trahison,
Vint surprendre ces murs, égorger ma maison,
Il nous chargea de fers, et dans une tour sombre
Nous retient enfermés depuis des jours sans nombre.

Et depuis si longtemps, nul guerrier, ô douleurs!
N'est encore apparu pour finir nos malheurs.
Pleurerons-nous toujours?

ARTHUR.

Mais mon père, ô ma mère,
Ne reviendra-t-il point finir notre misère ? ·

EMMA.

Plaise au Seigneur qu'il puisse revenir!
Mais sans doute il n'est plus... Au moment de partir
Me pressant sur son cœur trop plein de confiance,
Il me dit : « Chère épouse, aie un peu patience ;
» Souffre une absence, hélas! pénible à notre amour;
» Mais le troisième été me verra de retour. »
Et je touche à la fin de la dixième année
Que je l'attends encore, épouse infortunée!
Et nul des siens n'est encore apparu
Pour m'apprendre, depuis, ce qu'il est devenu.

ARTHUR.

Mais le fidèle Alban, cet ami de mon père,
Entre les mains de qui tout fut remis, — Alban,
Quoiqu'il serve aujourd'hui notre cruel tyran,
Pour nous venger enfin ne voudra-t-il rien faire?

EMMA.

Alban, aux mains de qui nous remit mon époux,
Alban, le brave Alban, non, ne peut rien pour nous.

Entré chez Rosemond après notre ruine,
Il a su, déguisant son nom, son origine,
(Car il va de sa vie à rester inconnu)
Il a su, par l'éclat de service rendu,
Par sa haute valeur et sa rare prudence,
Mériter du baron l'entière confiance.
Pourtant il nous conserve encor tout son amour ;
De mon Huascard même il attend le retour.
   Mais seul, hélas! contre tant d'adversaires,
Il ne peut qu'en secret gémir de nos misères.

ARTHUR.

Il n'est donc plus pour nous d'espérance ici-bas?
Ah! si notre oppresseur, dans sa fureur extrême,
   D'indignes fers n'avait chargé mes bras,
Je voudrais le punir et nous venger moi-même.

EMMA.

Mon fils, je vois en toi, de ton père aujourd'hui,
Eclater la valeur ; mais que peux-tu sans lui?
Tant que de son retour j'ai nourri l'espérance,
J'ai conservé l'espoir d'une illustre vengeance ;
Mais maintenant que tout me confirme sa mort,
Je vois trop bien, hélas, quel sera notre sort.
Je périrai bientôt, plaintive et désolée,
Sous le poids des tourments dont je suis accablée ;
Puis, que deviendras-tu, mon fils, ô mon cher fils !
Seul au monde parmi nos cruels ennemis ?

O douleur ! est-ce donc pour tant d'ignominie
Que mes flancs autrefois te donnèrent la vie ?
Est-ce pour voir ici tes beaux jours se flétrir,
Pour te voir avec moi, miné par la souffrance,
Dans un sombre cachot pendant dix ans languir,
Que j'ai pris tant de soins de ta pénible enfance ?
Est-ce pour voir meurtrir tes membres délicats ?
Pour voir d'indignes fers charger tes faibles bras ?
Eux, qui devaient un jour dans les jeux et les guerres,
Porter avec éclat le glaive de tes pères !
A ces pensers, mon cœur succombe à ses tourments.
    Sans toi, mes maux et mes misères
M'auraient fait au tombeau descendre dès longtemps ;
Toi seul m'a retenue, et pourtant c'est ta vue,
C'est ton affreux destin qui m'accable et me tue.

ARTHUR.

O ma mère ! Espérons : le ciel qui voit nos pleurs,
Aura peut-être enfin pitié de nos malheurs.
Quoique dix ans se soient consumés à l'attendre,
Mon père peut encor revenir nous défendre.

EMMA.

Hélas ! le jour fatal où ton père partit,
Revient à tout moment occuper mon esprit.
Je ne sais quels pensers ni quel trouble funestes
Sans cesse assiégeaient mon esprit et mon cœur ;
De noirs pressentiments, comme des voix célestes,

M'annonçaient vaguement sa perte et mon malheur.
Je lui disais souvent dans ma juste terreur :
  « Cher Huascard, si tu voulais m'en croire,
» Tu n'entreprendrais point ce voyage lointain ;
  » Tu n'irais point conquérir d'autre gloire
» Que celle qui t'attend au rivage prochain.
» Crois-moi : je crains pour toi quelque malheur soudain. »
Mais sans doute égaré par un mauvais génie,
Il ne m'écouta point : il partit pour l'Asie.
Trop funeste départ ! Voyage malheureux !
Ce fut toi qui causas nos malheurs à tous deux.
    Tu nous a livrés sans défense
Au farouche tyran qui fait couler nos pleurs....

ARTHUR.

Quel est donc le motif de tant de violence ?
Quel fruit espère-t-il de toutes ses rigueurs ?

EMMA.

Quand il eut sur les miens assouvi ses fureurs,
Il répandit le bruit du trépas de ton père,
Puis sur nous un moment suspendant sa colère,
Il osa sans pudeur solliciter ma main,
Qu'il avait dans les temps maintes fois demandée
Et qu'au mépris de lui, de tout son éclat vain,
Mon vaillant Huascard se vit seul accordée.
    Je repoussai pleine d'horreur,
Ce perfide exécrable. Alors, plein de fureur,

Il fit peser sur nous les tourments et les peines,
Nous mit dans une tour et te chargea de chaînes.
Le cruel depuis lors, sans s'être rebuté,
Souvent avec sa main m'offrit la liberté ;
Mais le ciel, que sans cesse et j'appelle et j'implore,
Puisse-t-il m'accabler de maux plus grands encore,
Si jamais dans le cours de mon sort avenir
A l'hymen du tyran je devais consentir.
O cieux, témoins de tant d'atroces injustices,
Vous qui voyez nos pleurs et nos maux infinis,
Tarderez-vous encor de nous être propices ?
Laisserez-vous toujours ses forfaits impunis ?
C'est pour vos intérêts, pour venger vos outrages
Que mon époux partit vers les sacrés rivages ;
Ferez-vous moins pour lui que lui n'a fait pour vous ?
Et toi, cher Huascard, ô mon illustre époux,
Si tu n'es point tombé dans ces funestes guerres,
Hâte-toi de venir terminer nos misères ;
Car mon cœur accablé sous le poids des malheurs,
Ne peut plus désormais supporter ses douleurs.

ARTHUR.

Ma mère, suspendez vos plaintives alarmes :
J'aperçois Rosemond qui s'avance vers nous.
Son front paraît avoir dépouillé son courroux,
Et peut-être vient-il pour essuyer nos larmes.

SCÈNE IV.

ROSEMOND, EMMA, ARTHUR.

ROSEMOND.

Hé bien ! Madame, enfin j'ai cessé ma rigueur.
La pitié désormais l'emporte dans mon cœur.
Je veux dès aujourd'hui finir votre misère
Et vous rendre à tous deux votre splendeur première.
Pour un si grand bienfait, je n'exige de vous
Qu'un bien faible retour : Devenir votre époux.
Acceptez cette main.... D'un mot de votre bouche
Vous pouvez décider du destin qui vous touche ;
Vous pouvez rétablir, comme mon propre fils,
Votre enfant dans ces murs que les siens ont bâtis.

Dites un mot, Madame, et ma rigueur expire,
Vos maux seront finis..... En saurais-je plus dire ?...
Vous ne répondez point ?

 EMMA.

Et pourquoi donc enfin,
Seigneur, vous obstiner à demander ma main ?

ROSEMOND.

Pourquoi ? C'est par pitié pour vous-même, Madame ;
Par pitié pour le fils que doit chérir votre âme,
Lui que je vois languir, que vous abandonnez
Et que perdront enfin vos refus obstinés.

EMMA.

Cruel ! c'est bien à vous d'affecter des alarmes
Sur le sort d'un enfant dont vous causez les larmes !
Vous, qui seul avez fait ses malheurs et les miens
Et qui par trahison lui ravîtes ses biens !
Non, ce fils innocent dont vous plaignez la peine,
Ne meurt point assez vite au gré de votre haine.

ROSEMOND.

Ce que j'ai fait, Madame, était juste à mes yeux.
J'ai puni les affronts d'un voisin dangereux,
Et par un coup hardi restreignant sa puissance,
J'ai par là prévenu sa future insolence.

Ainsi devais-je agir... Mais pour finir enfin,
Une dernière fois, acceptez cette main,
Ou si vous persistez dans votre humeur hautaine,
Vous aurez en partage une éternelle peine.
Choisissez.

EMMA.

Homme affreux ! plutôt que d'accepter
Cette main qui s'acharne à nous persécuter,
Qui de mon fils a ravi l'héritage ,
Et parmi ma maison a semé le carnage,
J'aimerais mieux périr.

ROSEMOND.

Hé bien ! vous périrez.
Vous aurez à la fin ce que vous désirez.
Il est temps de borner ma longue patience
Et de donner enfin carrière à ma vengeance.
Oui, va, tu périras et toute ta maison !
Gardes, qu'on la replonge en un cachot profond.
Qu'on les charge tous deux d'une plus lourde chaîne ;
Il faut bien à la fin justifier leur haine.

SCÈNE V.

ROSEMOND, ALBAN.

ROSEMOND.

As-tu bien entendu l'insolente parler ?
As-tu vu dans ses yeux sa haine étinceler ?
A ma main préférer le trépas ! quelle audace !...
Hé bien ! elle mourra : je ne fais plus de grâce.
    Je l'ai juré, je le répète encor :
Elle expiera demain son orgueil par sa mort.

ALBAN.

Seigneur, je ne veux point embrasser sa défense ;
Mais pourtant je comprends fort bien sa résistance.

Vous avez dû prévoir ses refus, son courroux.
Quels moments, en effet, quel temps choisissez-vous
Pour aller lui parler d'amour et d'hyménée?
Maintenant qu'elle ignore encor la destinée
De son premier époux parti pour les Saints-Lieux,
Elle l'attend toujours, l'appelle de ses vœux.
Mais attendez qu'enfin un messager fidèle
De la mort d'Huascard apporte la nouvelle.
Vous verrez son courroux peu-à-peu s'éloigner
Et son cœur à vos vœux se laissera gagner.

ROSEMOND.

Ah! ce n'est point son cœur que je veux! Non, sa haine
Pour moi depuis longtemps est visible et certaine...
Mais toi, de l'excuser ne cesseras-tu point?
Qu'est-ce donc qui pour eux t'intéresse à ce point?
C'est toi qui jusqu'ici, m'assurant sa conquête,
As contenu mon bras étendu sur leur tête;
Toi seul as contenu mes coups et ma fureur;
    Toi seul!... Mais à la fin mon cœur,
Outré de ses affronts et de son insolence,
Lui rend haine pour haine et demande vengeance.
D'ailleurs je te veux bien dévoiler tout mon cœur.
Tu verras où pour eux doit aller ma fureur,
Et combien ulcéré d'une haine implacable,
Si je dois épargner cette race coupable.
Dans mon âge premier, je recherchai la main
De celle qu'aujourd'hui me livre le destin.

J'effaçais mes rivaux en richesse, en puissance,
Et pouvais me flatter d'avoir la préférence.
Mais sur moi Huascard l'emporta. Ce revers,
Le plus humiliant de ceux que j'ai soufferts,
Fut pour mon cœur froissé la fatale étincelle
Qui soudain alluma cette haine mortelle
Qu'à mon rival heureux je portai depuis lor
Et qui, grandie en moi, vivra jusqu'à la mort.
Bientôt de grands combats entre nous se donnèrent,
Et quatre ans sans repos nos haines éclatèrent :
Des revers mutuels, des outrages sanglants
Ne firent qu'irriter nos vifs ressentiments.
Enfin, quoique puissant, je perdais l'avantage,
Quand naquit des Lieux-Saints la fureur du voyage.
J'appris que mes voisins se croisaient à l'envi
Et qu'Huascard sans moi se croiserait aussi.
Mon cœur en tressaillit d'espérance et de joie.
J'admirai le hasard qui me livrait ma proie.
J'allai donc le trouver. Je jurai dans ses mains
D'oublier à jamais nos funestes desseins.
Pour mieux tromper son cœur j'usai d'un stratagème :
Je feignis le projet de me croiser moi-même;
Je partis. Mais tandis qu'il ne s'en doutait pas,
Je changeai de chemin et revins sur mes pas.
Tu devines le reste... Ah ! ma juste vengeance
S'est déployée ici dans toute sa puissance.
Oui tous ceux qui restaient dans ces murs abhorrés
Périrent sans pitié par ma main massacrés.
Un seul nous échappa ; ce fut leur chef lui-même.
Il sut, par sa valeur et son adresse extrême,

Se dérober au sort que je lui réservais.
On n'a pu découvrir ce qu'il devint jamais ;
   Mais sous ma main s'il tombe dans la suite,
Par une mort terrible il expiera sa fuite.

ALBAN.

Mais qu'est-ce donc, seigneur, qui retint votre bras,
Que sur vos deux captifs vous n'achevâtes pas ?
Pourquoi laissâtes-vous cet enfant, cette femme
Que je vois maintenant en horreur à votre âme ?

ROSEMOND.

Ce qui put m'empêcher d'accabler de mes coups
Cette femme et son fils, objets de mon courroux,
Je ne le sais pas trop. — Peut-être est-ce l'ivresse
De voir entre mes mains ma première maîtresse ;
L'espoir de l'attacher un jour à mon destin,
Et le besoin enfin que j'avais de sa main.
Voilà ce qui sans doute a préservé leur tête,
Ce qui contint ma foudre à frapper toute prête.

ALBAN.

Et quel appui, seigneur, pouviez-vous espérer
De ce faible roseau brisé par la tempête ?

ROSEMOND.

Sa main, cher Alfanor, me devait assurer
Le maintien de ses biens devenus ma conquête.

J'appréhendais qu'un jour, revenus d'Orient,
Mes voisins, alarmés, jaloux de ma puissance,
Voulussent m'accabler sous leur bras triomphant,
Sous le prétexte vain d'embrasser sa défense.
Je la ménageai donc ; je l'entourai de soins ;
J'espérais que le temps la calmerait du moins ;
Mais malgré ma bonté jusqu'aux bornes poussée,
Je ne pus prendre place en son âme offensée.
Alors je résolus de dompter sa fierté.
J'employai la rigueur et la sévérité ;
Je menaçai ses jours ; je la chargeai de chaînes ;
Je la laissai gémir dans les plus rudes peines.
Mais rien ne put dompter son inflexible cœur.
Les tourments ne faisaient qu'irriter son aigreur.
Toujours avec horreur repoussant mes avances,
Elle me reprochait des crimes, des vengeances,
Et son orgueil enfin finit par s'élever
Au point qu'en face même elle ose me braver.
Mais je l'ai résolu : sa perte est assurée.
Enfin elle expiera sa haine invétérée.
D'ailleurs je peux la perdre. Oui, je peux aujourd'hui
Me passer de sa main et de son vain appui.
De mes voisins partis pour la rive étrangère
Quelques-uns seulement sont rentrés dans leur terre ;
Le reste, je le crois, est là-bas demeuré,
Et de tout ennemi le ciel m'a délivré.
Donc sans elle, je puis conserver mes conquêtes,
Je puis bannir la crainte et tonner sur leurs têtes.
Tu comprends, Alfanor, après ce coup hardi,
Entre Huascard et moi qu'il n'est plus de merci,

Qu'un courroux plus terrible, une fureur nouvelle
Doit embraser nos cœurs d'une haine éternelle.
Aussi s'il en revient, s'il échappe aux dangers
Qui l'attendent en foule aux pays étrangers ;
S'il se dérobe en route aux embûches secrètes
Que j'ai sur son chemin su tenir toutes prêtes ;
S'il reparaît enfin, l'un des deux doit périr.
Oui, car le temps, le temps n'a fait que de m'aigrir,
Et l'appréhension d'un retour bien possible,
L'orgueil de cette femme au cœur inaccessible,
Et l'aspect de son fils, de ce monstre odieux
   Qui semble croître et grandir en ces lieux
Comme un vengeur futur de sa race exécrable,
Ont au comble porté cette haine implacable
   Qui me tourmente sans repos
Et que je garderai même jusqu'aux tombeaux.
Voilà ce que mon cœur enfin voulait t'apprendre,
Alfanor. Cesse donc de vouloir les défendre ;
Cesse de mettre un frein à mon courroux vengeur ;
Cesse de m'irriter : tremble de ma fureur !
Il faut, il faut qu'enfin j'achève ma vengeance,
Que ma fureur éclate en toute sa puissance, —
Ma fureur, qui pour eux ne s'éteindra jamais
Tant que verra le jour l'odieux que je hais.
Oui, puisse-t-il un jour en ces lieux reparaître ;
Puissé-je de son sort enfin me voir le maître !
Puissé-je de ses yeux voir en larmes de sang
Les pleurs du désespoir s'échapper lentement !!!..
Ma vengeance peut-être alors serait complète,
Ma fureur assouvie et ma soif satisfaite !

                           (Il sort.)

SCÈNE VI.

ALBAN, seul.

Tigre altéré de sang, monstre au jour en horreur,
Tu ne sais guère à qui tu découvres ton cœur,
Qui tu fais confident de ta haine mortelle
Et montres jusqu'au fond ton âme criminelle.
O cieux ! vous qui voyez tant d'horribles forfaits,
Ne lancerez-vous point vos foudres désormais ?
Laisserez-vous encor dormir votre vengeance ?
N'entendrez-vous jamais les cris de l'innocence ?
Et toi, cher Huascard, notre espoir, notre amour,
Ne reviendras-tu point terminer notre peine ?
Quoi ! depuis si longtemps que j'attends ton retour,
Mon attente à la fin aura-t-elle été vaine ?
Hélas ! j'ai bien gémi ; pour toi j'ai bien souffert ;
Pour toi je me suis fait une gêne inouïe :
J'ai durant sept printemps, au péril de ma vie,
(Car quel serait mon sort si j'étais découvert !)

J'ai servi le tyran qui menace ta tête
Et dont à me frapper la main est toute prête. .
Je me suis dévoué pour pouvoir en ces lieux
Consoler en secret ton épouse fidèle
Et ton cher fils, hélas ! qui se meurent tous deux
Dans les tristes langueurs d'une attente éternelle.
J'espérais en ces murs seconder ton retour,
Si toi-même ou les tiens reparaissiez un jour.
Reviens donc, ô mon maître ! Et ta seule présence
Me paiera mille fois de toute ma souffrance.
Viens, que je puisse encore une fois te servir,
T'aider à te venger, t'embrasser.... et mourir !

FIN DU PREMIER ACTE.

ACTE DEUXIÈME

La scène représente une salle de réception. Il est nuit.
La salle est éclairée.

SCÈNE PREMIÈRE.

ROSEMOND, assis, GARDES rangés derrière lui et à ses côtés,
ALBAN, chef des gardes.

UN GARDE, entrant.

Seigneur, des pèlerins attardés, sans abri
Demandent en ces murs un gîte pour la nuit.
Ils viennent, disent-ils, de l'infidèle plage;
Ils parlent d'Huascard dont ils ont un message...

ROSEMOND, se levant précipitamment.

D'Huascard?
(A part, se rasseyant.)
Ah ! bon Dieu, revient-il ?
(Au garde)
Eh bien ! quoi?

2.

Qu'en disent-ils?... Qu'ils soient amenés devant moi.
Je désire à l'instant les voir et les entendre.

(Le garde sort.)

(Seul à part.)

Huascard! nom fatal. Ah! que vont-ils m'apprendre ?
Voit-il encor le jour?...
Ils me viennent peut-être annoncer son retour.
Dieu! quel trouble s'élève en mon âme étonnée !...
Mais je vais désormais savoir sa destinée ;
De cet état d'alarme enfin je vais sortir,
Et s'il revient, malheur ! ce sera pour mourir.

SCÈNE II.

Les Précédents, HUASCARD et les siens, en habits de pèlerins.

HUASCARD, en s'inclinant.

Haut et puissant baron, seigneur de ce domaine,
    Daignez avoir pitié de notre peine.
Vous voyez devant vous de pauvres pèlerins
Revenant dénués des rivages lointains.
Daignez nous recevoir durant cette nuit sombre.
Demain, dès que le ciel dépouillera son ombre,
Avant que le coq même annonce le matin,
De nos foyers chéris nous prendrons le chemin.

ROSEMOND.

Suffit ; mais d'Huascard, qu'avez-vous à me dire ?

HUASCARD.

Du trépas d'Huascard je venais vous instruire.

ROSEMOND.

Il est mort?

HUASCARD.

Je le vis expirer dans mes bras.

ROSEMOND.

Et comment mourut-il?

HUASCARD.

Frappé dans les combats.

ROSEMOND.

Pèlerin, contez-moi cette lugubre histoire.

HUASCARD.

La voici, car mon âme en garde la mémoire :
C'était sur le Jourdain après un grand combat.
L'ombre du jour baissant faisait pâlir l'éclat.
Je marchais lentement sur le champ de carnage,
Cherchant parmi les morts qui couvraient le rivage
S'il n'était pas quelqu'un qui respirât encor.
Ma voix pour appeler se fit entendre. Alor
J'aperçus près de moi, dans la foule sanglante,
Un guerrier qui levait sa tête languissante,

Il semblait m'adresser un suppliant regard.
J'approchai, je le vis, et c'était Huascard.
   Atteint au cœur de plusieurs coups de lance,
Il terminait ainsi ses jours dans la souffrance.
   Je me baissai pour lui porter secours ;
Mais sentant approcher le terme de ses jours :
« C'est vainement, dit-il, ma plaie est trop profonde.
» Adieu ! je vais mourir... je vais quitter le monde...
» Et cependant là-bas, dans mes foyers chéris,
» J'ai laissé soupirants mon épouse et mon fils.
» Oh ! quand vous reverrez le ciel de la patrie,
» Pèlerin, dites-leur que j'ai quitté la vie.
» Portez-leur mes adieux ; remettez en leurs mains
» Mon glaive et mon anneau, qu'en partant ils m'ont ceints,
» Pour qu'au moins chaque jour, en contemplant mes armes,
» Ils donnent à mon nom la prière et les larmes. »
Il dit. Et sous son poids s'affaissant de nouveau
Il expira. Je pris son glaive et son anneau.
Je les gardai pendant plusieurs longues années
Que je ne pus quitter ces rives éloignées.
Enfin, près de rentrer dans mon humble foyer,
Je viens remplir les vœux de ce noble guerrier.
Voici son anneau d'or et sa fidèle épée,
Qui du sang mécréant maintes fois s'est trempée.
Je les laisse en vos mains, vous en disposerez.

ROSEMOND.

Ses vœux seront remplis, soyez-en assurés.
                (Après avoir examiné l'anneau et l'épée.)
Je ne connais pas bien cet anneau, cette épée,

Et mon âme aisément pourrait être trompée ;
Mais quelqu'un peut ici faire briller le jour.

(A un garde.)

Garde, faites venir les captifs de la tour.

(A Huascard.)

Et les guerriers nombreux qui suivaient sa bannière,
Que sont-ils devenus ?

HUASCARD.

Beaucoup dans la carrière
Gisaient autour de lui, mortellement frappés ;
Les autres, des vainqueurs sans doute enveloppés,
Succombèrent aussi sous le glaive infidèle
Ou restèrent captifs entre leur main cruelle ;
Car depuis ce moment on n'en a point revus
Et l'on ignore encor ce qu'ils sont devenus.

SCÈNE III.

LES PRÉCÉDENTS, EMMA, ARTHUR.

ROSEMOND, à Emma.

Connaissez-vous ce glaive et cet anneau, madame?

EMMA, reconnaissant l'anneau.

Ciel! l'anneau d'Huascard! ô l'espoir de mon âme!...
Dites, parlez : qu'avez-vous fait de lui?
Comment son glaive est-il en vos mains aujourd'hui?

ROSEMOND.

Je le reçois des mains de ces hommes fidèles
Qui viennent d'Huascard vous donner des nouvelles.

EMMA.

D'Huascard?

ROSEMOND.

Ils l'ont vu.

EMMA.

Doux espoir ! ô bonheur !
Est-il vrai, pèlerins, n'est-ce point une erreur?...
Et que vous a-t-il dit ? Ah! daignez me l'apprendre :
Mon cœur en vous voyant brûle de vous entendre.
Parlez.

HUASCARD.

Hélas ! Madame...

EMMA.

O malheur! Avez-vous
Quelque chose d'affreux à dire ici pour nous?
Hé bien ! quelles que soient ces funestes nouvelles,
Parlez : mettez le comble à nos douleurs mortelles.
Mon époux que fait-il?

HUASCARD.

Il n'est plus.

EMMA et ARTHUR, ensemble.

Il est mort !

EMMA.

O douleur ! mort funeste ! ô déplorable sort !
Il n'est plus, et c'était notre unique espérance.
Il nous laisse ici-bas sans soutien, sans défense,
Sans espoir désormais en nos chagrins cruels.
Nos maux et nos douleurs seront donc éternels !

ARTHUR.

O mon père, quels maux, quel destin lamentable
Nous prépare aujourd'hui ton trépas déplorable !

EMMA.

Comment a-t-il rencontré le trépas ?

HUASCARD.

Il est tombé, Madame, au milieu des combats.

EMMA.

Mais que vous a-t-il dit ? a-t-il à sa pensée
En mourant rappelé sa maison délaissée,
Son épouse et son fils, tous deux infortunés,
Qui pendant dix printemps aux fers abandonnés
L'ont sans cesse attendu pour qu'il finît leur peine.
Espérance déçue ! attente aujourd'hui vaine !
Il ne vit plus : il ne reviendra pas,
Et nous n'attendrons plus qu'un douloureux trépas !

HUASCARD.

Hélas ! votre malheur, il l'ignorait, Madame ;
Mais vous fûtes toujours le souci de son âme.
   Je l'entendis déplorer votre sort,
Et ses pleurs ont pour vous coulé lors de sa mort.

EMMA.

Vous nous apportez donc ses volontés dernières ?

HUASCARD.

Je rapporte le glaive et l'anneau de ses pères,
Qu'il m'a dit en mourant de rapporter ici,
Et qu'il vous fait remettre en souvenir de lui.

EMMA, baisant l'anneau et l'épée.

Fer sacré, doux objets, ô dépouille chérie !
Voilà donc ce qu'enfin nous reverrons de toi,
   Cher Huascard, toi, l'espoir de ma vie :
Un anneau, qui dès lors va devenir pour moi
Un sujet éternel de regrets et de larmes,
Puis ce glaive impuissant à venger nos alarmes.
            (Pressant son fils sur son sein.)
O mon fils ! ton destin me pénètre d'effroi.
Te voilà donc réduit au comble de misère
Que tout à l'heure, hélas ! j'appréhendais pour toi !
Triste et faible orphelin délaissé sur la terre,
Que vas-tu devenir ? C'en est fait de ton père.
Que peut pour toi ta mère ? hélas ! vers le tombeau,

Je sens que de mes jours s'incline le flambeau.
Peut-être y dormirai-je avant le jour nouveau !
Mais que deviendras-tu, toi resté sans défense
Au pouvoir du cruel qui cause nos malheurs,
Qui maintenant triomphe et rit de nos douleurs...
Tyran ! le ciel un jour dans sa juste vengeance...

ROSEMOND.

C'est assez.

(Aux pèlerins.)

Pèlerins, soyez les bienvenus.
Vous serez pour la nuit dans mon château reçus,
Et demain vous pourrez y séjourner encore
Si vous ne préférez en partir dès l'aurore.
Allez.

(Montrant un garde.)

Voici quelqu'un qui prendra soin de vous.

(Rosemond sort avec ses gens. Les pèlerins
suivent le garde qui les conduit, et la porte se
referme derrière eux.)

SCÈNE IV

HUASCARD, THÉOBALD, restés dans l'antichambre.

HUASCARD.

Quelle aventure !... ô vengeance ! ô courroux !
Le cruel !... à mes yeux !... ô rencontre imprévue !
Que mon cœur a soüffert durant cette entrevue !

THÉOBALD.

Je tremblais de vous voir tout à coup vous trahir.

HUASCARD.

Oui, j'ignore comment j'ai pu me contenir.
Mes yeux ont dû conter mes combats et mes peines ;
Car mon sang, de fureur, bouillonnait dans mes veines.

THÉOBALD.

Ah ! Seigneur, une larme, un soupir échappé
Eût suffi pour nous perdre à son œil détrompé.

HUASCARD.

L'implacable ! sa haine, il l'étale sans feinte.
As-tu vu dans ses yeux quelle joie était peinte
Lorsque je lui faisais le récit de ma mort?
Il semblait triompher du malheur de mon sort.
Et quand, en leur contant cette fausse nouvelle,
Dans le cœur d'un enfant, d'une épouse fidèle
Que depuis si longtemps j'aspirais à revoir,
Je portais le trépas avec le désespoir ;
Quand éclataient leur deuil et leur douleur amère,
Et que mon cœur navré souffrait tant à se taire,
Le cruel! comme en lui tout paraissait joyeux !
La haine triomphante éclatait dans ses yeux.
Il voyait sans pitié leurs cruelles alarmes ;
Il comptait leurs soupirs, triomphait de leurs larmes,
Et semblait savourer le barbare plaisir
De voir devant ses yeux leur douleur se trahir.
Mon cœur à cet aspect, frémissant de colère,
Fut vingt fois sur le point de trahir le mystère :
Je voulais lui plonger mon poignard dans le sein.

THÉOBALD.

Il l'aurait mérité; mais... patience enfin.

HUASCARD.

Oui, son heure a sonné; son dernier jour s'achève,
Et de leur délivrance enfin l'aube se lève !
Mais dis-moi, Théobald, parmi les gens nombreux
Que l'on voyait rangés près du baron, — tes yeux
N'ont-ils pas remarqué des faces déjà vues,
Des traits qui rappelaient des figures connues?
Pour moi, chez le guerrier vêtu d'un pourpoint noir,
Qui paraissait le chef des gardes du manoir,
J'ai cru revoir d'Alban la taille et le visage,
D'Alban, à qui, partant pour mon lointain voyage,
Je remis mon château, ma famille et mes biens,
Et qui m'avait juré de protéger les miens.

THÉOBALD.

Mon œil, en observant sa morne contenance,
Fut en effet frappé de cette ressemblance.

HUASCARD.

Oui, certes, c'est Alban; c'est bien lui que j'ai vu,
    Et dès l'abord mes yeux l'ont reconnu...
Mais comment dans ces lieux a-t-il un sort semblable ?
Comment sert-il enfin ce monstre abominable?
Nous aurait-il trahis? serait-ce par ses mains
Que fut livré mon toit aux coups des assassins ?
Je n'y puis croire : Alban, pour ce forfait horrible
Avait un cœur trop noble, une âme incorruptible.
Mystère impénétrable !... Et pourtant c'est Alban.

Peut-être que son nom n'est pas su du tyran ;
Peut-être qu'il se cache et qu'il nous est fidèle...
En effet, quand il eut entendu la nouvelle
De mon funeste sort, je l'ai vu s'émouvoir,
Peut-être s'attendrir... Mais toi tu l'as pu voir ;
Tu pouvais à loisir observer son visage ;
Tu pouvais de ses yeux entendre le langage ;
Parle : n'as-tu rien vu, ni plaisir, ni douleur,
Rien qui pût révéler le secret de son cœur ?

THÉOBALD.

J'ai cru voir comme vous ses yeux mouillés de larmes,
Quand Madame faisait éclater ses alarmes.

HUASCARD.

Un mystère est caché sous son front soucieux.
Si c'est Alban lui-même et qu'il nous soit fidèle,
Il pourra nous prêter le secours de son zèle ;
Il faut que je le voie et qu'il s'ouvre à mes yeux.

THÉOBALD.

J'entends du bruit : voici quelqu'un qui va paraître.

HUASCARD.

Ciel ! c'est lui-même ! il nous cherche, — et peut-être.....

SCÈNE V

ALBAN, HUASCARD, THÉOBALD.

ALBAN.

Pèlerins, c'en est fait : Huascard est donc mort?

HUASCARD.

Vous avez entendu le récit de son sort.

ALBAN.

Et les siens?

HUASCARD.

Ils ont tous terminé leur carrière.

ALBAN.

Tous ont péri?

HUASCARD.

Pas un n'est échappé.

ALBAN, à part.

Quels funestes revers ! Combien d'espoir trompé !

HUASCARD.

Vous aviez des amis qui suivaient leur bannière?

ALBAN.

Qu'importe?

HUASCARD.

Je pensais (excusez mon erreur)
Que toujours Huascard vivait dans votre cœur.

ALBAN, ému.

Que dites-vous ?

HUASCARD.

Je crois vous reconnaître.

ALBAN.

Me reconnaître ? (A part.) O ciel se peut-il être !

(à Huascard.)

Que prétendez-vous dire? Expliquez-vous : Parlez.

3

HUASCARD.

Dix printemps de ceci sont près d'être écoulés.
Je commençais alors mon long pèlerinage.
Je passai dans ces murs où régnait Huascard,
Et j'observai, parmi son brillant entourage,
Un guerrier dont la mine et le noble visage
Se retrouvent chez vous à tromper le regard.
Certes la ressemblance entre vous est extrême
Et je croirais parfois que je parle à lui-même.
Il se nommait Alban.

ALBAN, s'approchant, la main sur son poignard.

Pèlerin, si jamais
Tu devais en ces murs révéler ces secrets,
    Si tu devais répéter et répandre
Ce que ta bouche ici vient de me faire entendre,
Ce poignard, à l'instant dans ton cœur enfoncé,
Préviendrait le péril où tu m'aurais placé.

HUASCARD.

Ne crains rien. Mais, dis-moi, si malgré son absence
Huascard est resté l'objet de ton amour,
Si tu pouvais jamais désirer son retour,
Pourquoi dissimuler? Tu vois en ta présence
Un des nombreux guerriers qui suivirent ses pas,
Et qui certainement ne te trahira pas.

ALBAN.

Vous!.. Tous ne sont donc pas en proie au tombeau sombre?

HUASCARD.

Plusieurs ont échappé.

ALBAN.

Seraient-ils en grand nombre ?

HUASCARD.

Assez pour le venger.

ALBAN, regardant le ciel, à part.

Sois-nous propice enfin !

(A Huascard.)

Le venger !... Pourriez-vous en former le dessein ?
Oh ! ne me cachez rien ; dépouillez toute feinte ;
     Parlez, soyez sans crainte.

HUASCARD.

Oui, le venger : mais avant de parler,
Avant que devant vous j'ose tout révéler,
Je veux savoir pour lui jusqu'où va votre zèle,
Si votre cœur enfin est demeuré fidèle.

ALBAN.

Si je lui suis fidèle !... ô Dieu, toi seul connais
De mon âme pour lui les sentiments secrets ;
Tu sais combien de jours, de nuits infortunées
J'ai passés à l'attendre, — et voilà dix années !...

HUASCARD.

Vous seriez donc encor charmé de le revoir?

ALBAN.

Ah! s'il eût pu jamais regagner son manoir...
Mais comment espérer de le voir reparaître?
Il n'est plus!

HUASCARD, lui tendant les bras.

Brave Alban, embrassez votre maître.

ALBAN.

O ciel! est-il possible?

(En l'embrassant.)
O mon maître, est-ce-vous?

HUASCARD.

Oui, moi-même.

ALBAN.

Le ciel a donc pitié de nous.

HUASCARD.

Il va finir vos maux.

ALBAN.

Il daigne donc entendre
Les soupirs et les pleurs qu'il nous a vus répandre!

HUASCARD.

Vous êtes exaucés,

ALBAN.

Oui, puisque je vous vois.

HUASCARD.

J'ai tardé bien longtemps ; mais... le sort a ses lois.

ALBAN.

O jour trois fois heureux ! Retour d'heureux présage !
Doux moments de bonheur !

HUASCARD.

Bonheur que je partage.

ALBAN.

Que béni soit le ciel qui vous ramène ainsi !

HUASCARD.

Qui me fait retrouver un si fidèle ami !

ALBAN.

O mon maître !

HUASCARD, à Théobald.

Approchez, Théobald.

ALBAN.

Quoi ! serait-ce
Le brave Théobald qui vous suit ?

THÉOBALD.

Oui, c'est moi.

ALBAN.

O mon ami, c'est donc vous que je presse
Dans mes bras.

(Ils s'embrassent.)

THÉOBALD.

Jour heureux !

ALBAN, à tous les deux.

Hélas ! je vous revois
Tous deux après dix ans de mortelles alarmes,
Où nous avons souffert... et versé bien des larmes !

HUASCARD.

Oui, vous avez souffert !

ALBAN.

Mais où sont les soldats
Qui suivirent vos pas aux régions lointaines ?
Ont-ils tous succombé dans les sanglants combats ?
Ou sont-ils, prisonniers, demeurés dans les chaînes ?

HUASCARD.

Trente guerriers encore accompagnent nos pas.
Le reste a succombé.

ALBAN.

Déplorable ruine !
Où sont-ils demeurés ?

HUASCARD.

Dans la forêt voisine,
Comme nous déguisés en humbles pèlerins.

ALBAN.

Et quels sont donc, Seigneur, vos projets, vos desseins,
D'oser chez Rosemond ainsi vous introduire
Et de votre trépas venir même l'instruire?

HUASCARD.

Mieux tromper mon rival ; nous cacher à ses yeux ;
Détourner loin de nous ses soupçons dangereux ;
Remarquer du château les endroits accessibles,
Et si quelques succès nous paraissent possibles,
Aidés de nos amis prêts à nous secourir,
Par un prompt coup de main céans nous rétablir.

ALBAN.

Mon cœur frémit pour vous de ce pas téméraire.
Vous ne savez donc pas quelle garde sévère
Fait partout Rosemond, — ni le profond courroux, —
Le noir ressentiment qu'il nourrit contre vous?
Ah ! s'il vous découvrait, le monde, le ciel même,
Ne pourrait vous sauver de sa fureur extrême.
Croyez-moi : hâtez-vous de sortir de ces lieux ;
Oui, fuyez au plus tôt ce palais dangereux...
Seigneur, par vos genoux, par vos pieds que j'embrasse,
Fuyez, dérobez-vous au sort qui vous menace.

Moi-même je saurai, dans ce fatal séjour,
Vous fournir les moyens de rentrer quelque jour.
Je saurai préparer les coups et la vengeance...
    Mais n'est-ce pas Rosemond qui s'avance!
C'est lui-même! O mon maître, évitez sa présence.
Fuyez vite, fuyez ses regards ombrageux.
Gardez-vous de nouveau de paraître à ses yeux.

SCÈNE VI

ROSEMOND, ALBAN.

ROSEMOND.

Sais-tu ce qu'à l'instant je viens de reconnaître?
Ami.

ALBAN.

Quoi donc? Seigneur.

ROSEMOND.

                    L'étranger n'est qu'un traître.
Le costume qu'il a n'est qu'un déguisement.
Il n'est point ce qu'il dit, et c'est assurément
Un de ceux qu'Huascard a menés à sa suite.

ALBAN.

Le croyez-vous, Seigneur ?

ROSEMOND.

Oui ; tout dans sa conduite
Révèle ce secret. Mon œil l'observa bien
Tout le temps qu'a duré ce lugubre entretien,
Et j'ai pu maintes fois voir se troubler son âme
A l'aspect des douleurs qu'étalait cette femme.

ALBAN.

C'était pitié, sinon se fût-il oublié ?

ROSEMOND.

Ah ! ses yeux révélaient plus que de la pitié.
Oui, d'abord comme toi j'avais pensé n'y lire
Que le seul intérêt que le malheur inspire ;
Mais j'apprends qu'à l'instant des guerriers inconnus
Au bord du bois voisin viennent d'être aperçus.
Dans d'étranges soupçons cela jette mon âme.
Je crois que contre nous quelque chose se trame.
Peut-être sont-ce là les débris d'Huascard
Qui seraient à la mort échappés par hasard ;
Peut-être que leur chef lui-même encor respire :
Peut-être qu'il revient, et que ces pèlerins
Ne sont que de ses gens, qui, servant ses desseins,
Viennent tout observer pour retourner l'instruire.
Il me faut éclaircir ce mystère important.
Oui, je veux les revoir, les entendre à l'instant.

3.

Il faudra que leurs cœurs s'ouvrent en ma présence,
Et si je reconnais qu'en effet ces soldats
   Sont avec eux d'intelligence,
   Alors malheur !... mais toi, va de ce pas
Faire armer mes guerriers. Qu'on garde toute issue :
Je craindrais pour la nuit une attaque imprévue.
Quelque chose me trouble et me fait présager
Qu'il plane sur nos fronts quelque sombre danger.
Va donc, et que chacun au combat se prépare.

ALBAN, à part.

Grand Dieu, protége-nous : le péril se déclare.

SCÈNE VII

ROSEMOND, seul.

Comment sonder leurs cœurs ? Comment pourrai-je voir
Si c'est la vérité qu'ils nous ont fait savoir ?
Il faut dissimuler... Il faut avec prudence,
Pour ne point éveiller le soupçon dans leur cœur,
Seuls, qu'avec cette femme ils soient mis en présence.
Si ce qu'ils ont conté n'est qu'un récit menteur,
Certe ils s'empresseront d'éclairer cette femme,
D'adoucir la rigueur du coup qu'ils ont porté,

Et pour calmer enfin la douleur de son âme,
Ils lui découvriront toute la vérité.
C'est là ce que j'attends. Après je saurai lire
Dans l'air de son visage et l'aspect de ses yeux,
Qui brilleront alors d'un éclat plus joyeux,
Ce que de favorable ils auront pu lui dire.
C'est ainsi que je puis pénétrer leurs desseins.

(A ses gardes.)

Gardes, faites venir le chef des pèlerins.

SCÈNE VIII

ROSEMOND, HUASCARD.

ROSEMOND.

Bon pèlerin, que partout on honore,
    Puisque tel est votre désir
De vous remettre en route au lever de l'aurore,
Je ne veux point ici demain vous retenir.
Dieu conduise vos pas et vous garde à toute heure !
Mais avant de quitter le seuil de ma demeure,
Si vous voulez revoir la veuve d'Huascard,
    Si vous avez à lui transmettre à part

Quelque secret, ou bien les volontés dernières
De son époux mourant aux rives étrangères,
Vous pourrez à loisir lui parler en ces lieux.
Cette dame à l'instant va paraître à vos yeux.
Je vous laisse avec elle.

(Il sort.)

SCÈNE IX

HUASCARD, seul.

Est-ce bien le perfide
Qui peut ainsi se comporter?
La pitié dans son âme, où le crime réside,
Quoi! pourrait-elle encore à ce point habiter?
Certes, cette conduite a lieu de me surprendre.
Peut-être sous cet air de bonté qu'il sait prendre,
Il cache un noir dessein, un projet infernal :
Le don d'un ennemi nous est toujours fatal.
Oui, je crois que son cœur n'a pu faire que feindre.
Quoiqu'il en soit j'ai lieu de craindre
La pénible entrevue où je me vois réduit.
J'aurais voulu ne pas les revoir de la nuit.

Car pour les consoler, que pourrai-je leur dire?
Chaque accent de ma voix me fera découvrir.
Et pourtant de mon sort je ne puis les instruire :
Il va de mon salut à ne point me trahir.
Les voici !

SCÈNE X

HUASCARD, EMMA, ARTHUR.

EMMA.

Pèlerin, est-ce à votre prière
Que nous devons encor de revoir la lumière?

HUASCARD.

Hélas ! Madame...

EMMA.

Eh bien, expliquez-vous.
Si de la part de mon époux
Vous avez d'important quelque chose à m'apprendre,
Pèlerin, hâtez-vous de me le faire entendre ;
Car je sens que demain, et peut-être aujourd'hui,
Tous deux dans le tombeau nous serons avec lui.

HUASCARD.

Que dites-vous, Madame, et que pensez-vous faire?

EMMA.

Je ne sais; mais demain je prévois sur la terre
Que nous ne serons plus.

HUASCARD.

Ah! Madame, chassez
Ces horribles pensers. Votre avenir s'ignore...
Le ciel est tout-puissant...

EMMA.

Voilà neuf ans passés
Que ma voix chaque jour le réclame et l'implore :
A-t-il un seul instant suspendu son courroux?
A-t-il jamais semblé prendre pitié de nous?

HUASCARD.

Hélas! n'avez-vous plus conservé d'espérance
Au ciel ni sur la terre?

EMMA.

Aucune.

HUASCARD.

Et vos amis?

EMMA.

Le nombre en est petit, et leur faible puissance
Ne saurait rien tenter pour moi ni pour mon fils.

HUASCARD.

Et ce fils, il va donc s'éteindre dans la tombe?
Il va périr, hélas! en son premier printemps.
Ah! Madame, faut-il qu'à cet âge il succombe?
Souffrirez-vous qu'il meure à la fleur de ses ans?

EMMA, pressant son fils dans ses bras.

O mon fils! mon cher fils! à quelle destinée,
A quels maux ta jeunesse, hélas! fut condamnée!
(A Huascard.)
Mais... pourquoi vivrait-il? Pour languir, pour vieillir
Sous le poids flétrissant de ces indignes chaînes?
Pour traîner tous ses jours un lourd fardeau de peines?
Il préfère la mort.

HUASCARD.

Vous allez donc mourir?

EMMA.

Notre sort s'accomplisse!

HUASCARD.

O femme incomparable!
Combien à votre aspect je me sens attendrir!
Vivez, dis-je, vivez... et le ciel secourable...

EMMA.

Pèlerin, c'est en vain : Dieu nous a rejetés.
Si de quelque secret vous avez à m'instruire,
Parlez.

HUASCARD

Hélas! vivez!... Je n'en saurais plus dire...

EMMA, sortant.

Adieu donc, pèlerin.

HUASCARD, la retenant.

Malheureuse, arrêtez!

EMMA, sortant avec son fils.

Viens, mon enfant, terminons nos souffrances ;
Mourons, puisqu'il n'est plus ici-bas d'espérances.

HUASCARD.

Si !

EMMA, se retournant vivement.

Dans qui ? maintenant que n'est plus mon époux.

HUASCARD.

Il vit !

EMMA et ARTHUR, alternativement

Il vit? ô ciel! il vit?... Que dites-vous?
Oh! parlez, pèlerin... expliquez-vous, de grâce...
Ne nous déguisez rien... Par vos pieds que j'embrasse,
    Parlez : répondez-nous.
Vous êtes un des siens : que fait donc mon époux?
Pourquoi donc si longtemps nous a-t-il fait attendre?
Vient-il nous délivrer? Va-t-il ici se rendre?

HUASCARD, à part.

Mon cœur n'est point d'airain; je n'y puis plus tenir,
Et dussé-je me perdre il faut me découvrir.
    (Ses habits de pèlerin tombent, il paraît avec ses habits de chevalier.)
Mon épouse, mon fils, embrassez votre frère!

EMMA.

Ciel! Huascard!

HUASCARD.

    Oui, moi-même.

ARTHUR.

    O mon père!

EMMA.

O mon époux!
    (Ils s'embrassent tous les trois à plusieurs reprises.
    Nous te revoyons donc,
Après bien des malheurs!

ARTHUR.
    Après bien des souffrances!

HUASCARD.

En quel état revois-je ma maison !
Quel amas de revers ! Quels désastres immenses !

(A son fils.)

Quoi ! toi-même, ô mon fils, chargé d'indignes fers !
Le cruel ! le barbare ! O funestes revers !

(A son épouse.)

Et toi, ma tendre Emma, toi l'amour de ma vie,
Comme tout est changé sur ta face flétrie !
Vous avez bien souffert ?

EMMA.

Des maux inénarrables.

HUASCARD.

Que n'ai-je pu plus tôt revenir près de vous !
Le tyran dès longtemps serait mort sous mes coups ;
Mais les cieux à nos vœux furent inexorables.

EMMA.

Nous avons attendu si longtemps ton retour,
Nous t'avons appelé de si longues années,
Que nous désespérions de te revoir un jour.
Hélas ! combien de jours, de nuits infortunées
Nous deux avons passés dans les gémissements !
Que de fois, dans l'excès de ma douleur amère,
J'invoquai le trépas pour finir nos tourments !
Dis, que faisais-tu donc loin de nous sur la terre ?

HUASCARD.

Chère épouse, à mon cœur, durant tout ce long temps,
Vous n'avez point cessé, crois-moi, d'être présents.
Mes pensers, du milieu de nos tristes batailles,
Sans cesse revolaient vers ces nobles murailles,
Où je t'avais laissée, ô mon bien précieux !
Avec ce fils si tendre et si cher à mes yeux.

(Il embrasse son fils.)

    Mais des revers, des défaites soudaines
Ont enchaîné mes pas à des rives lointaines.
Trop heureux de revoir encor ces lieux si chers.

EMMA.

Vous avez donc là-bas subi bien des revers?

HUASCARD.

Oui, des maux inouïs, des malheurs effroyables.

EMMA.

Dieu! quel sort est le nôtre ! O destins déplorables !...
Mais peut-être bientôt nos maux seront finis.
Je t'ai du moins revu ; Dieu nous a réunis ;
Et la joie où je suis de sentir ta présence
Me fait presque oublier tant de jours de souffrance.
Oui, puisque enfin le ciel nous remet sa faveur,
Que le passé s'oublie et goûtons le bonheur!

HUASCARD.

Pas encor, chère Emma. Le rival que j'abhorre
Dans ces murs vénérés règne et triomphe encore.
Il l'en faut renverser, l'écraser, le punir,

Et nous venger des maux qu'il nous a fait souffrir.
Après, quand nous aurons châtié le coupable,
Nous goûterons en paix un bonheur véritable.
Mais toi, garde-toi bien de laisser à ses yeux
Eclater sur ton front quelque transport joyeux.
Sèche au plus tôt les pleurs qui baignent ton visage,
De peur que du baron ils n'éveillent l'ombrage.

EMMA.

Cher époux, ne crains rien des pleurs que je répands,
Mes yeux en ont versé depuis un si long temps,
Que ces pleurs, où je sens des charmes ineffables,
Sembleront au tyran des larmes véritables.

HUASCARD.

Soyez prudents : de vous dépend notre avenir.
(Reprenant ses habits de pèlerin.)
Moi, je retourne aux miens : l'heure approche d'agir.
Oui, le temps est venu d'anéantir le traître,
De frapper l'assassin... Et cette nuit peut-être..

EMMA.

Mais sais-tu qu'en ces murs, à la cour du tyran,
Il est un cœur ami? le généreux Alban...

HUASCARD.

Je sais tout : sois tranquille, — et mon bras équitable
Saura de l'innocent distinguer le coupable.

FIN DU SECOND ACTE.

ACTE TROISIÈME

SCÈNE PREMIÈRE.

ROSEMOND, EMMA.

ROSEMOND.

Le destin fait sur vous éclater son courroux,
Madame. C'en est fait : vous n'avez plus d'époux.
 Eh bien, touché de votre peine,
Je veux bien, oubliant vos refus, votre haine,
Vous donner les moyens de réparer vos maux
Et de couler encor des jours sereins et beaux ;
Je vous offre ma main, si souvent présentée,
Que jusqu'à ce moment vous avez rejetée,
 Mais désormais dont rien ne saurait plus
Déguiser le dédain ni causer le refus.
Qu'en dites-vous, Madame ?

EMMA.

    Eh ! faut-il le redire ?
Vous savez qu'Huascard était cher à mes yeux.
A ma joie ici-bas il avait su suffire.

Hélas! puisqu'il n'est plus, nul bonheur sous les cieux
Ne saurait m'éblouir.

ROSEMOND.

Vous êtes inflexible ;
Mais du moins si pour vous vous restez insensible,
N'aurez-vous point enfin pitié de votre fils
Qui gémit sous l'orgueil de vos constants mépris ;
Lui que je peux d'un mot rétablir en ses terres,
Dans toute la splendeur du haut rang de ses pères.
Le ciel jusqu'à présent m'a privé du plaisir
De voir à mes côtés un rejeton grandir :
Je n'ai point d'héritier de ma haute puissance.
Eh bien! dès aujourd'hui j'adopte son enfance ;
Il me deviendra cher, et vous autant que lui :
Je deviendrai son père et serai son appui.

EMMA.

Et comment pourriez-vous lui tenir lieu de père,
Vous qui causâtes seul ses maux et sa misère ;
Vous que j'ai vu cent fois irrité contre nous,
Jurer à ma famille un éternel courroux !

ROSEMOND.

Il est vrai que j'ai pu vous arracher des larmes
Tant que de votre époux j'ai redouté les armes.
Vous étiez comme lui criminels à mes yeux,
Et j'ai dû dans son sort vous confondre tous deux ;
Mais puisque enfin son bras ne saurait plus me nuire,
Notre inimitié cesse et ma colère expire,

Vous êtes à mes yeux innocents des débats
Qui causèrent jadis nos funestes combats;
Je ne vois plus en vous que la triste victime
D'un courroux rigoureux, mais enfin légitime,
Et je veux, envers vous, pour effacer mes torts,
Réparer tous les maux qu'ont causés nos discords.

EMMA.

Seigneur, puisqu'il vous plaît d'oublier vos injures,
Daignez laisser en paix deux faibles créatures
Que poursuit le destin, que tourmente le sort,
Et qui ne peuvent rien désirer que la mort.

ROSEMOND.

Ainsi vous rejetez mon offre généreuse ?

EMMA.

Le sort le veut ainsi.

ROSEMOND.

Vous préférez languir
Et subir à jamais une misère affreuse ?

EMMA.

Le ciel disposera de nos jours à venir.

ROSEMOND.

J'entends : vous n'avez point perdu toute espérance...

EMMA, troublée.

Eh ! Seigneur, de quel bras viendrait la délivrance ?

ROSEMOND.

De quelque espoir encor se flatte votre cœur ?...

EMMA.

Notre espérance, hélas ! est morte, évanouie.

ROSEMOND.

Vous espérez encor voir paraître un vengeur...

EMMA.

Cette attente aujourd'hui s'est vue anéantie.

ROSEMOND.

Vous pensez donc encor revoir votre Huascard ?

EMMA, de plus en plus troublée.

Quoi ?... que voulez-vous dire ?...

ROSEMOND.

       Oui, dans votre regard
Je vois luire l'espoir de le voir reparaître.

EMMA.

Eh! Seigneur... s'il est mort... pourra-t-il donc renaître ?

ROSEMOND.

Hé bien ! puisqu'il n'est plus, pourquoi refusez-vous
D'accepter aujourd'hui Rosemond pour époux ?
De ce refus nouveau, la raison, quelle est-elle ?
Votre haine pour moi sera-t-elle éternelle ?
Suis-je horrible à vos yeux ? Est-ce que votre cœur
Est pétri sans retour et de fiel et d'aigreur ?

EMMA.

Ah ! Seigneur, dans l'état où je me vois réduite
Que peut-on demander à mon âme interdite ?
Souffrez que loin de vous et toute à mon malheur
J'aille pleurer ma perte et cacher ma douleur.

ROSEMOND.

Ta douleur ! ah ! plutôt dis ta joie. Oui, ta joie
Qui malgré tes efforts sur ton front se déploie.
Elle dément les pleurs dont tu baignes ton front,
Et révèle à mes yeux un mystère profond.
Va, va, je suis content : je sais ce qui se trame,
Et dans tous ses soupçons tu confirmes mon âme.

EMMA, à part, en s'en allant.

Ciel ! serait-ce moi qui les aurais perdus ?

4

SCÈNE II

ROSEMOND, ALBAN.

ROSEMOND.

Hé bien! cher Alfanor, tu n'en douteras plus,
Ce que je soupçonnais est la vérité même :
Huascard n'est point mort ; ce n'est qu'un stratagème.
Il revient ; il approche, — et ces dix pèlerins
Ne sont que les agents qui servent ses desseins.
Je viens de m'en convaincre en voyant cette femme.
Ces étrangers l'ont vue, et pour calmer son âme
Ils se sont empressés de lui tout révéler.
J'ai vu dans ses regards l'espoir étinceler
Et briller sous ses pleurs une joie inconnue.
J'ai parlé d'Huascard : son âme s'est émue ;
Son trouble sur sa face a soudain éclaté,
Et j'ai lu dans ses yeux toute la vérité.
Voilà donc ce qu'enfin je désirais connaître.
Je sais donc qu'il respire et qu'il va reparaître,
Ce mortel abhorré, ce rival dangereux
Que son approche encor me rend plus odieux.
Ah! qu'il vienne : il est temps de vider la querelle
Qu'a nourrie entre nous une haine mortelle.

Qu'il vienne ! que mon bras puisse enfin dans son sang
Éteindre la fureur de mon ressentiment !
Oui, qu'il expire enfin ! Qu'il meure ou que je tombe !
Car il faut qu'aujourd'hui l'un ou l'autre succombe...
Mais déjà le destin me promet ses faveurs :
Il livre entre mes mains dix de ses serviteurs
Qui se sont à mes coups exposés sans défense.
C'est autant de voués à ma juste vengeance !
Quels sont, cher Alfanor, les moyens les plus sûrs
De m'emparer de ceux qu'on a vus hors des murs ?
Huascard est peut-être au milieu de leur groupe...
Si par un coup de main j'enlevais cette troupe...
Parle : qu'en penses-tu ?

ALBAN.

Je doute encor, Seigneur,
Qu'ils osent à ce point abuser votre cœur.
Ils n'auraient pas ainsi joué leur existence
En s'exposant aux coups d'une sûre vengeance.

ROSEMOND.

Je te dis que c'est là l'exacte vérité.
Oui, tout s'est à mes yeux trop bien manifesté.

ALBAN.

Mais quel est le motif qui chez nous les amène ?

ROSEMOND.

Qui sait ? favoriser quelque attaque soudaine....

Ils pourraient en effet ourdir un tel complot.
Ils pourraient de nos murs favoriser l'assaut.
Et ce ne serait point une chose inouïe :
On a vu maintes fois pareille perfidie...
Allons, sortons de doute et sachons leurs desseins ;
Faisons tout avouer à ces faux pèlerins ;
Employons, s'il le faut, la mort la plus infâme
Pour arracher enfin ce secret de leur âme.

SCÈNE III.

LES PRÉCÉDENTS, UN GARDE.

UN GARDE, entrant.

Seigneur, on vient de prendre un de ces inconnus
Que nos gens ont ce soir dans les bois aperçus.
Il observait nos murs. Dans l'ombre et sans escorte,
Il s'était avancé jusqu'auprès d'une porte.
Son armure est gravée au chiffre d'Huascard.
Il a même avoué suivre son étendard ;
Mais il n'a rien voulu révéler davantage.

ROSEMOND.

Ah ! voilà qui confirme à la fin mon présage.
Oui, certes nous saurons ce qu'ils ont résolu.

(Au garde.)

Qu'il paraisse à mes yeux et qu'il soit confondu.
Mais moi-même j'y cours. Avant qu'il se remette,
Je veux m'aider du trouble où sa prise le jette,
Pour lui faire avouer ce qu'il pourrait céler.

SCÈNE IV.

ALBAN, seul.

Ciel! nous sommes perdus : tout va se révéler.
Rosemond va savoir ce funeste mystère.
Le ciel veut donc sur nous épuiser sa colère !...
Appelons Huascard ; faisons-lui tout savoir,
Et s'il nous reste encor quelque lueur d'espoir,
Concertons nos moyens et faisons diligence
Afin de Rosemond d'éviter la vengeance.

SCÈNE V

ALBAN, HUASCARD, THÉOBALD.

ALBAN.

Cher maître, c'en est fait : tout est su du tyran.
C'est de sa bouche même ici que je l'apprend.

Vous avez trop parlé, Seigneur, à votre femme,
Et Rosemond, dont rien ne peut abuser l'âme,
    A pu voir dans ses yeux briller
Le plaisir et l'espoir qu'elle n'a pu céler.

HUASCARD.

J'aurais dû le prévoir. Malheureuse aventure !
Trop funeste entrevue !... Hélas ! oui, la nature
A triomphé de moi.... Mais enfin dans mon sein
Il ne bat point un cœur de glace ni d'airain.

ALBAN.

Pour comble de malheur, pour hâter notre perte,
La troupe de vos gens vient d'être découverte.
Les gardes du château les ont vus dans les bois.
L'un d'eux même est saisi ; l'on écoute sa voix.
Déjà l'on sait de lui que vous êtes encore,
Et sans doute il dira le secret qu'on ignore.

HUASCARD.

Croyez-vous qu'il l'avoue ?

ALBAN.

                    Ah ! les tourments, Seigneur,
Sauront bien arracher ce secret de son cœur.
Il fera, j'en suis sûr, un aveu si funeste.
Hélas ! dans ce péril, n'est-il rien qui nous reste ?

THÉOBALD.

Combattre !

HUASCARD.

Hé bien ! tentons un héroïque effort.
Cherchons dans un combat la victoire ou la mort.
Montrons-nous et marchons ! notre bande fidèle
Attend pour s'avancer que mon signal l'appelle.
Vous, Théobald, donnez le signal attendu :
Que trois flambeaux rangés dans l'ordre convenu,
Soient placés à l'instant devant notre fenêtre.
A cet appel, nos gens soudain doivent paraître.
Et nous, quand près des murs paraîtront nos amis,
Frappons subitement les gardes ennemis ;
Enfonçons leur cohorte, et parmi le carnage,
Vers l'issue indiquée ouvrons-nous un passage.
Si le ciel nous seconde et venge l'innocent,
Nous vaincrons aujourd'hui ce baron tout-puissant.
Sortons : le voici qui s'avance.

ALBAN.

Comme on lit dans ses yeux la soif de la vengeance !

SCÈNE VI

ROSEMOND, ALBAN, GARDES.

ROSEMOND.

L'orgueilleux s'est laissé déchirer par mes mains
Plutôt que d'avouer leurs complots, leurs desseins.

Il est mort sans vouloir ni parler, ni répondre.
Mais je veux à l'instant dévoiler et confondre
Ces traîtres déguisés en pieux messagers.

(A ses gardes.)

Gardes, faites venir ici les étrangers.
Il faut que l'un d'eux parle et que tout se révèle,
Que la vérité nue à mes yeux étincelle.
Oui, dussé-je sur eux épuiser ma fureur,
Il me faut arracher ce secret de leur cœur.

(A Alban.

Laisse-moi seul ici. Tout me devient contraire.
Je soupçonne de fourbe et le ciel et la terre.

SCÈNE VII

ROSEMOND, GARDES, HUASCARD et LES SIENS.

ROSEMOND, à Huascard qui entre.

Te voilà, traître insigne, exécrable imposteur,
Qui pensais m'abuser par ton récit menteur.
Sache bien qu'à mes yeux ta fourbe est découverte.
Oui, tu peux en frémir et t'attendre à ta perte.
Mais parle : quel dessein t'amenait en ces lieux ?
Quel fruit espérais-tu de ce pas hazardeux ?

Viens-tu pour seconder quelque entreprise sombre ?
Pour introduire ici secrètement dans l'ombre
Ces nombreux étrangers qu'on a vus dans les bois
Et qui certainement n'attendent que ta voix ?
Parle : je vais sur toi décharger ma colère
Si tu veux plus longtemps me cacher ce mystère.

HUASCARD.

Tremble donc ! la vengeance avance sur tes pas.
Tremble ! le ciel sur toi va déployer son bras.
Le vengeur vient ! il vient !...

ROSEMOND.

Quelle audace !

(Aux siens.)

Soldats !...

HUASCARD, entraîné par les gardes.

Oui, ta dernière aurore aujourd'hui s'est levée.
L'heure de la vengeance est enfin arrivée !

SCÈNE VIII

ROSEMOND, seul.

Ciel ! que viens-je d'entendre ? Avec quelle hauteur

4.

L'insolent vient d'oser exhaler sa fureur!
Au feu de son regard, à son audace extrême
Je l'aurais presque pris pour Huascard lui-même.
Il avait en effet son maintien résolu.
Sa voix même rendait un son que j'ai connu.
Oui, son air, son regard, sa parole, son geste,
Tout en lui me retrace un ennemi funeste.
Ah! c'est lui. Je le vois : son même air, son regard,
Tel qu'enfin il était au jour de son départ.
C'est lui-même! ô fortune!... Et j'en serais le maître!
Est-il vrai?... Mais c'est lui : j'ai dû le reconnaître.
Oui, j'ai vu dans ses yeux sa colère éclater.
C'est Huascard lui-même et je n'en peux douter.

SCÈNE IX

ROSEMOND, ALBAN.

ALBAN, arrivant aux éclats de voix de Rosemond.

Quoi, Seigneur, qu'est-ce donc?

ROSEMOND.

Sais-tu quelle est ma proie?
Sais-tu quel coup heureux met le comble à ma joie?
Je tiens en mon pouvoir mon rival abhorré.

Lui-même sans défense en mes mains s'est livré.
Ce chef des pèlerins, c'est Huascard lui-même.
Oui, je l'ai reconnu malgré son stratagème.
Son maintien, son accent, tout me l'a démontré.
Peu s'en faut devant moi qu'il se soit déclaré.

   O vengeance certaine!

Je tiens donc en mes mains l'objet de tant de haine.
Je puis en liberté contenter la fureur
Qui depuis si longtemps bouillonne dans mon cœur.
Oui, je veux qu'à l'instant à mes pieds on l'entraîne.
Que je me venge enfin!

(Aux gardes.)

   Holà, gardes, qu'on vienne!

(A Alban.)

Mais toi, cours le chercher. Qu'on l'enchaîne à l'instant.
Qu'on leur arrache à tous ce vain déguisement,
Que l'on voie au grand jour leur face, leur visage,
Et qu'ils meurent ainsi dans la honte et la rage.
Ah! va: mon cœur ne souffre aucun retardement.
Va, te dis-je.

ALBAN, sortant.

Seigneur, je reviens à l'instant

SCÈNE X

ROSEMOND, GARDES.

ROSEMOND, à ses gardes.

Vous, apprêtez sur l'heure et le fer et les chaînes ;
Apprêtez les gibets, les instruments de peines.
Au gré de ma fureur multipliez leurs maux ;
Inventez s'il se peut des supplices nouveaux ;
Et nous les confondrons, ces traîtres, ces perfides
Qui pensaient nous cacher leurs projets homicides,
Et dans la sombre nuit nous surprenant soudain,
Emporter ces remparts par quelque coup de main.
Mais leur chef... ah ! leur chef... c'est lui que ma vengeance
Demande en ce moment avec impatience.
Il va me payer cher la crainte et la terreur
Que son seul souvenir répandait dans mon cœur.
Oui, je veux l'enchaîner, le tourmenter moi-même ;
Je veux qu'il meure plein d'un désespoir extrême,
Qu'il voie en expirant ses projets ruinés,
Son épouse et son fils aux tourments condamnés ;
Qu'il en pleure, qu'il pleure !... Et pour comble de rage,
Qu'il me voie en triomphe observer son visage.
C'est alors seulement que mon cœur assouvi

Jouira d'un repos qui sans cesse m'a fui.

(Aux siens.)

Avez-vous apprêté les gibets et les chaînes ?
Tout est-il préparé pour commencer leurs peines ?

Un GARDE.

Oui, Seigneur.

ROSEMOND, à un Garde.

Cours chercher son épouse et son fils.
Qu'ils redoublent ses maux par leurs pleurs et leurs cris;
Puis qu'ensuite leur mort, leur supplice s'apprête,
Et qu'ainsi ma vengeance aujourd'hui soit complète.

SCÈNE XI

ROSEMOND, GARDES.

Un GARDE, entrant avec précipitation.

Maître, Alfanor, au lieu de se saisir
De ces dix pèlerins que l'on allait punir,
S'est placé dans leur rang, et parmi le carnage
Vers un point du château s'est ouvert un passage.
Il introduit en foule ici les inconnus
Que nous avons ce soir dans les bois aperçus.

ROSEMOND.

O ciel! serait-il vrai? Quoi, cet Alfanor même
Que j'avais établi mon confident suprême,
Lui non plus n'est qu'un traître? ô destin ennemi !
Je suis donc par ce fourbe indignement trahi.
Compagnons, armez-vous, et d'un pas intrépide
Courons tous nous venger de cet ami perfide.
Marchons à leur rencontre...

Le GARDE.

Ah! Seigneur, les voici.

SCÈNE XII

ROSEMOND, ses Gardes, HUASCARD, les siens, ALBAN.

ROSEMOND, à Huascard qui entre à la tête des siens.

Te voilà donc perfide, odieux ennemi...

HUASCARD.

Oui, c'est moi, que depuis quatorze ans de durée
Poursuit avec fureur ta haine invétérée.
Je viens te demander compte de tes forfaits.
Des serments solennels qu'autrefois tu m'as faits,

De cette foi jurée et si tôt démentie.
Tremble au seul souvenir de tant de perfidie !
Tremble ! le bras de Dieu sur ta tête est levé
Et l'instant de ta chute est enfin arrivé.

OSEMOND.

Tu n'aurais point cette fière assurance,
N'était ce lâche ami qui sur tes pas s'avance,
Et qui par trahison t'a livré ces remparts.
Ose-t-il bien encor s'offrir à mes regards ?

ALBAN.

J'ai fait ce que j'ai dû.

ROSEMOND.

Qu'oses-tu dire, traître ?

HUASCARD.

Vois-tu pas quel il est? Peux-tu le méconnaître :
Sache que c'est Alban, à qui près de partir
Je confiai ces murs que tu m'osas ravir ;
Lui, qui par sa valeur et sa prudence rare,
Sut enfin échapper à ta fureur barbare.

ROSEMOND.

Quoi! c'est lui que sept ans j'ai tenu sous ma main?
Dieu puissant quel serpent nourrissais-je en mon sein ?
Hé bien ! il recevra sa juste récompense.
Je vais sur lui, sur toi déployer ma vengeance.

Vous saurez comme ici je venge mes affronts.

(A ses gardes.)

Gardes, frappez !

HUASCARD, aux siens.

En avant, compagnons !

(La lutte s'engage. Une toile tombe, et l'on
entend derrière le bruit du combat.)

SCÈNE XIII

EMMA, ARTHUR.

EMMA.

Cher Arthur, l'on combat : notre sort se décide.
Ton père avec les siens par quelque coup rapide
Ont surpris Rosemond... Dieu puissant ! Dieu vengeur !
Puisse-t-il le confondre et demeurer vainqueur !

(On entend s'élever le bruit des armes et les cris des combattants.

EMMA, pressant son fils sur son sein.

O mon fils ! je frémis.

(Le bruit redouble.)

Ciel ! tout mon sang se glace.

Dieu puissant ! dans ces murs qu'est-ce donc qui se passe.

(On entend distinctement la voix d'Huascard qui crie aux siens :

Frappez-le ! Mort au parjure !)

ARTHUR, s'avançant de quelques pas.

Saisissez-le ; frappez ! Qu'il pleure désormais !...
Rendez-lui doublement les maux qu'il nous a faits.
Non, ne l'épargnez pas... Qu'il meure, qu'il expie
Tant d'horribles forfaits et tant de barbarie !

(HUASCARD, derrière la toile.

Courage, amis ! la victoire se décide !)

ARTHUR.

Que ne puis-je être libre et voler aux combats !
Ils sentiraient aussi la force de mon bras.
Je saurais, de mon père imitant la vaillance,
Combattre à ses côtés pour notre délivrance.

SCÈNE XIV

ROSEMOND, ARTHUR, EMMA.

ROSEMOND, s'avançant sans être vu par le côté de la scène.

Je suis vaincu ! le ciel pour eux s'est déclaré.

(HUASCARD, derrière la toile.

Poursuivez le barbare ! Qu'il meure !)

ARTHUR, sans voir Rosemond.

Oui, ne l'échappez point. Qu'aux supplices livré,
Il expie aujourd'hui tant de fureur étrange !
De tant de maux soufferts qu'enfin sa mort nous venge !

ROSEMOND, s'élançant sur lui le poignard à la main.

Serpent, que trop longtemps j'ai nourri dans mon sein,
Puisse avec toi ta race expirer sous ma main !
Meurs !

(Il va le frapper.)

EMMA, s'élançant vers lui.

Barbare !... ô mon fils !...

SCÈNE XV

LES PRÉCÉDENTS, HUASCARD ET LES SIENS.

HUASCARD, arrivant l'épée à la main.

Arrête !
C'est sur moi que ton bras doit venger ta défaite.

Ton courroux contre lui ne peut-il s'apaiser ?
C'est à moi qu'il te faut maintenant adresser.
Perfide ! te voilà tombé sous ma puissance.
Rends-moi compte à présent de tant de violence,
De tes serments trahis, de tes forfaits divers,
Des tourments et des maux que les miens ont soufferts.
     Tremble ! ma tardive colère
Va venger en un jour ce long temps de misère.

                (Aux siens.)

Amis, qu'on le saisisse !

ROSEMOND, écartant les soldats.

     Oui ton bras est vainqueur.
Je vois d'un œil certain ma perte et mon malheur.
Mais ne te flatte point de posséder ta proie.
Tu ne goûteras pas le plaisir ni la joie
D'insulter à ma mort, d'allonger mes tourments.
Je saurai me soustraire à tes ressentiments.
Ce fer va me sauver d'un rival que j'abhorre.
Oui, je meurs de ma main et je te brave encore.

HUASCARD, aux siens.

Écrasez-le !

ROSEMOND se frappe et dit en tombant :

     Je meurs. Triomphe en liberté !
Mais je meurs par ma faute.... et je l'ai mérité.

THÉOBALD.

Il est mort.

ALBAN.

Sa main même a vengé notre injure.

HUASCARD.

Puissent périr ainsi tout traître et tout parjure!

FIN

Paris, lib., rue Bonaparte, 43. — Mirecourt, imp. Humbert